身代金

闇刑事《デカ》

南 英男
Minami Hideo

文芸社文庫

目次

第一章　資産家の失踪

1

悲鳴が聞こえた。

若い女の声だった。叫び声が濁《にご》った。どうやら口を塞《ふさ》がれたようだ。

女の声は、それほど遠くなかった。乱れた足音も響いてきた。

丹治拳《たんじけん》は動きを止めた。

車のドア・ロックを外す寸前だった。

鍵《キー》を抜く。無意識の行動だった。

車は黒いジャガーXJエグゼクティブである。お気に入りの英国車だった。出足がいい。パワーもあった。

右ハンドル仕様だ。エンジンは快調だった。

車は世田谷《せたがや》公園の脇《わき》に駐《と》めてあった。

近くにある旧友宅を辞去したばかりだった。人通りは絶《た》えていた。

二月下旬の深夜である。

猛烈に寒い。夜気《やき》は凍《い》てついていた。吐く息が、たちまち白く固まる。

丹治は耳をそばだてた。

また、切迫《せっぱく》した女の叫び声がした。公園の中だった。

丹治は走りだした。自然に体が動いていた。駆けながら、キーホルダーを革《レザー》ブルゾンのポケットに突っ込む。

丹治は公園を透《す》かして見た。

常緑樹が枝を拡《ひろ》げ、園内の様子はうかがえない。出入口は近くになかった。

闇《やみ》が濃い。柵《さく》を跨《また》ぎ越える。灌木《かんぼく》の葉が鳴った。

丹治は繁《しげ》みを掻《か》き分けながら、遊歩道まで突っ走った。

水銀灯の淡い光が遊歩道を仄白《ほのじろ》く染めている。十数メートル先に、三つの影が見えた。縺《もつ》れ合っている。

男が二人に、女がひとりだった。

女は二人の男に両腕を摑《つか》まれていた。男たちは薄ら笑いを浮かべている。女は後ろ向きだった。

「おい、何をしてるんだっ」

丹治は声をかけた。

二人の男が同時に振り返った。その隙《すき》に、女が逃げた。右側の男に体当たりをしたようだった。

キャメルのウールコートの裾《すそ》が翻《ひるがえ》った。パンプスの音が高く響いた。

丹治は駆け足になった。

女が走ってくる。二十三、四歳だろう。気品のある美人だった。細面《ほそおもて》で、色が白い。髪はセミロングだ。

「救《たす》けて！　救けてください」

「もう大丈夫だ」

丹治は、逃げてきた女を素早く背の後ろに庇《かば》った。女の息は上がりかけていた。

男たちが駆けてきた。

小柄なほうは、剃髪頭《スキンヘッド》だった。相棒は口髭《くちひげ》を生やしている。二人とも三十歳前後だろう。どちらも堅気ではなさそうだ。

「邪魔すると、怪我《けが》するぜ」

スキンヘッドの男が凄《すご》んだ。

息遣《いきづか》いが荒かった。右手に大ぶりの指輪を光らせていた。

黒っぽい背広の上に、だぶだぶの白いコートを羽織《はお》っている。袖《そで》に腕は通していなかった。

「女が何かしたのか?」

「てめえにゃ、関係ねえだろうがよっ。早く消えな」

「おまえらこそ、失《う》せろ!」

丹治は言い返した。

男たちの顔が強張《こわば》る。水銀灯の光を斜めに受けた二人の顔は、見る見るうちに険《けわ》しくなった。

「でけえ口をたたきやがって」

口髭の男が腰のあたりを探《さぐ》った。拳銃《けんじゅう》か、刃物を隠し持っているようだ。

丹治は反射的に半歩退《さ》がった。背中に柔らかいものが触《ふ》れた。

女の乳房だった。豊かで、弾《はず》みがあった。女も丹治とともに後退した。

口髭の男が不意に右腕を躍《おど》らせた。

空気が裂《さ》けた。鋭い音だった。

暗がりで、何かがうねった。スチール・ワイヤーだった。長さは六十センチほどだ。かなり太い。直径一センチ以上はあるだろう。

ワイヤーの先端が飛んできた。

左腕に当たった。二の腕《にのうで》のあたりだった。丹治は打たれた箇所《かしょ》に目をやった。

オリーブグリーンの革《レザー》ブルゾンは裂けていなかった。ただ、表皮は削《そ》がれていた。

ワイヤーが引き戻された。口髭の男が、にやりとした。

丹治は二歩後退した。

頭髪を剃《そ》り上げた男が踏み込んできた。

フォールディング・ナイフを握っている。刃渡りは十五、六センチだった。刃のきらめきが不気味だ。

後ろで、女が怯《おび》えた声を洩《も》らした。

逃げましょう。小声で、そう言った。

丹治は聞こえない振りをした。理不尽《りふじん》な暴力に屈《くっ》したくなかったからだ。

「血みどろになりたくなかったなら、その女をおれたちに渡すんだな」

小柄な男が、いきり立った。丹治は冷ややかに笑い返した。

ナイフが水平に振られた。白いコートが男の肩から落ちた。

切っ先は、丹治の胸から一メートルも離れていた。明らかに威嚇《いかく》だ。

「先に逃げろ」

丹治は女に囁《ささや》いた。前を向いたままだった。

女は短くためらってから、勢いよく地を蹴《け》った。すぐに口髭の男が、女を追う素振《そぶ》りを見せた。丹治は前に踏み出した。

男の行く手を阻《はば》む。光を背負う恰好《かっこう》になった。遊歩道に長い影が落ちた。

丹治は長身だった。百八十二センチだ。体軀《たいく》は逞《たくま》しい。筋肉質で、贅肉《ぜいにく》はみじんも付いていなかった。

顔立ちも精悍《せいかん》だった。眉《まゆ》が太く、やや奥目の両眼は狼《おおかみ》のように鋭い。

「ぶっ殺してやる！」

口髭の男がワイヤーを振り翳《かざ》しながら、間合いを詰めてくる。

丹治は横に動いた。ワイヤーが地べたを叩《たた》いた。土塊《つちくれ》が撥《は》ねた。

男がたたらを踏む形になった。

丹治は肘打《ひじう》ちを浴びせた。狙《ねら》ったのは男の側頭部だった。急所の一つだ。

的《まと》は外さなかった。骨と肉が派手に軋《きし》んだ。男はよろけた。

丹治は肩で、男を弾《はじ》いた。すぐさま横蹴りを放つ。

口髭の男は植え込みまで吹っ飛んだ。

小枝が何本か折れた。横倒れに転がったまま、起き上がろうとしない。

スチール・ワイヤーは縁石《えんせき》のそばに落ちていた。蛇に見えた。丹治は手を伸ばした。

だが、拾う前に口髭の男に先に摑《つか》まれてしまった。

丹治はスキンヘッドの男のいる場所を目で測《はか》った。三メートルほど離れている。不意を衝《つ》かれる心配はなさそうだ。

丹治は、口髭の男の下腹を蹴った。

靴の先が深く肉に埋まった。男が唸《うな》りながら、身を起こそうとした。膝立《ひざだ》ちになった。
丹治は相手の肩を思うさま蹴り上げた。
男が仰向《あおむ》けに引っくり返る。
両脚が跳《は》ね上がった。靴の底まで晒《さら》した。不様《ぶざま》だった。
丹治は嘲笑《ちょうしょう》した。
そのとき、スキンヘッドの男が迫ってきた。目が血走っている。
丹治は相手を睨《ね》めつけた。
敵が立ち竦《すく》んだ。どうやら気圧《けお》されたらしい。
口髭の男に向き直ったときだった。
ワイヤーが横に勢いよく振られた。鋭い一閃《いっせん》だった。
躱《かわ》せなかった。丹治は左の脛《すね》を撲《う》たれた。激痛で一瞬、目が霞《かす》んだ。口の中で呻《うめ》く。
頭に血が昇《のぼ》った。
丹治は、口髭の男の胸板を二度蹴りつけた。速《はや》い連続蹴りだった。
男がうずくまった。獣じみた声をあげはじめた。
ワイヤーは男の手から離れていた。
丹治は素早くワイヤーを拾い上げた。

素早く体を反転させる。スキンヘッドの男が何か喚《わめ》いた。丹治は遊歩道の中央に戻った。

男がナイフを逆手《さかて》に持ち替えた。

体ごと突っかける気になったのだろう。目に殺気が漲《みなぎ》っていた。侮《あなど》れない。丹治は身構えた。

男がダッシュした。

夜気が大きく揺らいだ。間合いは二メートルそこそこだった。

丹治は横に跳《と》んだ。

スチール・ワイヤーを振り下ろす。風切り音は重かった。ワイヤーが男の頭部を直撃した。

鮮血がしぶいた。

男が倒れ、腰を打ちつけた。唸《うな》り声は野太《のぶと》かった。

丹治は、ふたたびワイヤーを振り回した。

特殊鋼で編《あ》まれたワイヤーは、鞭《むち》のように撓《しな》った。風が捲《ま》き起こる。

ワイヤーは男の右手首を叩いた。

フォールディング・ナイフが舞った。男の視線が地べたに向けられた。自分の武器を拾うつもりなのだろう。

丹治は、男の手の甲を踏みつけた。

踵《かかと》で左右に踏みにじった。加減はしなかった。

男が声を放つ。指が地面を搔《か》いた。爪《つめ》に泥が喰《く》い込んだ。

丹治はワイヤーで男の顔面を強打した。

鈍い音がした。割れた額から血が出ている。傷口は、すぐに血糊《ちのり》で隠された。血の条《すじ》が垂れ、顔に縞《しま》模様が描《えが》かれた。

男は横に転がった。

手脚《てあし》を縮めて、呻きつづけた。爪先《つまさき》が小刻みに痙攣《けいれん》していた。

丹治は身を屈《かが》めた。

ナイフを拾って、ワイヤーを繁みの中に投げ込む。いつの間にか、体がうっすらと汗ばんでいた。二人の男は起き上がろうとしない。

丹治は振り返った。

女の姿はどこにも見当たらない。無事に逃げたようだ。ひと安心する。

「てめえは、三村《みむら》のボディーガードだな」

口髭の男が胸を押さえながら、喘《あえ》ぎ声で言った。植え込みの中だった。

「三村？　そいつは誰《だれ》なんだ？」

「とぼけんな」

「なんだって、女を追い回してたんだっ」

丹治は口髭の男に近づき、ナイフの刃を太腿《ふともも》に押し当てた。

男が目を剝《む》いた。すぐに頰《ほお》の肉が引き攣《つ》れた。丹治はナイフの切っ先を強く押しつけた。

「そっちにゃ関係ねえことだろうが」

男が虚勢を張った。

丹治は無言で、刃先を男の腿《もも》に突き入れた。

男が歯を剝《む》いて長く呻いた。怪鳥《けちょう》じみた声だった。

幾度《いくど》か体を左右に振った。スラックスが血で濡《ぬ》れはじめた。丹治はナイフを小さく抉《こじ》った。

「喋《しゃべ》る気になったかい？」

「痛《いて》えよ、痛えよ」

男は子供のように訴えるだけで、なにも喋ろうとしなかった。

丹治は口の端を歪《ゆが》め、ナイフを乱暴に引き抜いた。

男の唸り声が鳴き声に変わった。刃の先は血糊でぬめっていた。赤い雫《しずく》が数滴、枯れ草に滴《したた》り落ちた。

男が両手で太腿を抱え、転げ回りはじめた。

丹治はスキンヘッドの小男に歩み寄った。

小男が、ぎょっとした。尻《しり》をついたまま、後方に逃げる。怯《おび》え戦《おのの》いた表情だった。

丹治は、しゃがんだ。

小男が肘《ひじ》を使って、上体を起こした。丹治は、鮮血に塗《まみ》れたナイフを男の首筋に寄り添わせた。目に凄みを溜《た》める。

「お、おれは何も知らねえよ。嘘《うそ》じゃねえ。ほんとだって」

小柄な男が言った。声は震えを帯びていた。

「おまえら、どこの者《もん》だ？」

「いまは、どこにも足《ゲソ》つけてねえよ。遣《シ》り繰《ノ》り《ギ》がきつくなったんで、先月、おれたちは組を脱《ぬ》けたんだ」

「元やくざってわけか。三村って人物のことを教えろっ」

丹治は低く言った。

「よく知らねえんだ」

「早く喋っちまったほうが得だぜ」

「おれも刺す気なのか⁉」

小男の声は上擦《うわず》っていた。

「場合によってはな」

「や、やめてくれ。頼む。三村ってのは、日本の発明王だよ」

「発明王？」

丹治は訊《き》き返した。

「ああ。いろんなものを発明して、何百って特許権を持ってる男だよ。もう何年も前に魚群探知機のカラー液晶化に成功して、光る噴水まで考えついた奴だ。小さなものじゃ、万能スプーンなんかも考案してる」

「三村将史《まさふみ》のことか？」

「そうだよ」

男が答えた。三村将史は、ひところマスコミにちょくちょく登場していた人物だ。丹治は幾度かテレビで三村の顔を見たことがあった。

週刊誌の記事も読んだ記憶がある。確か三村は都心にオフィスビルを二十棟近く所有しているはずだ。

「さっきの女は、三村とどんな繋《つな》がりがあるんだ？」

丹治はナイフを軽く滑らせた。

表皮が引き攣《つ》れただけだった。それでも、スキンヘッドの小男は竦《すく》み上がった。

「逃げた女は三村の娘だよ」

「彼女を拉致《らち》する気だったのかっ」

「そうじゃねえよ。ちょっと脅しをかけるつもりだったんだ」

「なぜ、脅さなきゃならなかったんだ？」

「これ以上のことは言えねえな。おれも男だからな」

「突っ張る気か。いいだろう」

丹治は薄く笑って、小男の肩口にナイフを垂直に突き入れた。少しもためらわなかった。

男が凄《すさ》まじい叫びを放った。

唸りながら、のたうち回りはじめた。何か罵《ののし》った。だが、よく聞き取れなかった。

丹治は腰を上げ、大股《おおまた》で歩きだした。

公園を出ると、さきほどの女が待ち受けていた。コートの下は、くすんだ緑色のウールスーツだった。真珠のネックレスが覗《のぞ》いている。似合っていた。

丹治は女の前にたたずんだ。

「まだ、こんな所にいたのか」

「お怪我《けが》はありませんか？」

女が心配顔で訊《き》いた。

「ご覧の通りだ」

「よかったわ。ありがとうございました」

「きみは三村将史氏の娘なんだね？」

「どうして、そのことを知ってらっしゃるんですか⁉」

「あいつらのひとりが、そう言ってたんだ。で、どうなんだい？」

「その通りです。三村沙霧《さぎり》といいます」

「奴らに追い回されることになった理由《わけ》は？」

丹治は問いかけた。

沙霧が思案顔《しあんがお》になった。

「言いたくなかったら、答えなくてもいいんだ。早く家に帰ったほうがいいな」

丹治は自分の車に乗り込んだ。

エンジンを始動させたとき、沙霧が言いづらそうに切り出した。

「厚かましいお願いですけど、少しお金をお借りできないでしょうか」

「どういうことなのかな？」

「さっきの男たちに追われてるうちに、わたし、ハンドバッグをどこかに落としてしまったんです」

「家はこの近くじゃなかったのか」

「成城《せいじょう》なんです。成城五丁目です。ここからなら、タクシー代は三千円ぐらいだと思います」

「成城なら、たいして遠くないな。家まで送ってやろう」

丹治は言った。

「見ず知らずの方に、そこまで甘えるわけにはいきません」

「遠慮するなって。困ったときはお互いさまさ」

「それでは、お言葉に甘えさせてもらいます」

沙霧が安堵《あんど》した表情で言い、助手席に乗り込んできた。

丹治はジャガーを発進させた。世田谷公園沿いに走り、玉川《たまがわ》通りに出る。三軒茶屋《さんげんぢゃや》で、世田谷通りに入った。

環状八号線を越えたあたりで、沙霧が呟《つぶや》いた。

「一昨日《おととい》の夕方から、父が行方不明なんです」

「そいつは心配だな」

「ええ。それで、きのうの午後に成城署に父の捜索願を出したんです。だけど、警察の人は積極的には動いてくれてないみたいですね」

「警察は事件が起きなきゃ、たいてい本腰を入れないもんさ。多分、人手が足りないんだろう」

「そうなんでしょうね。だから、わたし自身が父の行方を追ってみる気になったんです。調べ歩いているとき、さっきの男たちに尾行されてることに気づいたんです。わたし、いったんは逃げたんですけど……」

「奴らに見覚えは？」

丹治は訊いた。

「ありません」

「そう。きみが奴らにずっと尾行されてたんなら、親父《おやじ》さんは誰かに拉致《らち》されたとも考えられるな。これは単なる職業的な勘だがね」

「あなたは刑事さんなんですか？」

「いや、そうじゃない。フリーの調査員だよ」

丹治は、うっかり口走ってしまった。

「というと、私立探偵さんなんですね」

「まあ、そんなようなもんだな」

「お名前、教えていただけませんか？」

「丹治、丹治拳というんだ」

「唐突なお願いですけど、わたしの父を捜していただけないでしょうか。警察は頼りにならない気がして……」

沙霧が言った。

丹治は沙霧の横顔を見た。真剣な表情だった。

三十四歳の丹治は、一匹狼の裏調査員である。刑事を装うことが多い。法律事務所の調査員のように、裁判絡《がら》みの調査をしているわけではなかった。

もっぱら丹治は、表沙汰《おもてざた》にはできない各種の揉め事《トラブル》を秘密裏に解決していた。

原則として、飛び込み客の依頼は受けないことにしている。信頼できる紹介者の口《くち》利《き》きがなければ、未知の依頼人とは会わない。それは自己防衛の知恵だった。

丹治は、代々木上原《よよぎうえはら》にある賃貸マンションの一室をオフィス兼自宅にしていた。間取りは1LDKだった。秘書や助手は雇っていない。

丹治の守備範囲は広かった。

失踪人《しっそうにん》捜しをはじめ、公金拐帯《かいたい》犯の追跡、さまざまな脅迫者捜し、保険金詐取《さしゅ》屋や手形パクリ屋狩りまで手がけていた。そんなことから、丹治は依頼主《クライアント》たちに〝闇刑事《デカ》〟などと呼ばれていた。

別段、最初から裏調査員を志願したわけではなかった。この稼業を選んだのは、いわば成り行きだ。丹治は二十代のある時期、プロの格闘家として活躍していた。

デビューしたのは、二十四歳のときだ。みるみる頭角を現わし、一年後にはスター選手になっていた。

丹治が編み出した〝稲妻ハイキック〟は、無敵の必殺技《わざ》だった。

四人の挑戦者を早いラウンドでマットに沈めた。それも、三人に再起不能のダメージを与えた。それほど強かった。

丹治はベルトを奪われるまで、現役で闘《たたか》うつもりだった。

しかし、人生のシナリオは二十七歳の秋に狂ってしまった。予測もしていないことだった。

丹治は子供のころから正義感が強かった。チンピラたちに絡《から》まれていた馴染《なじ》みのクラブホステスを放ってはおけなかった。

口を出した。それがきっかけで、殴り合いの喧嘩《けんか》になった。相手は三人だった。

丹治は数分で、三人のチンピラを血達磨《ちだるま》にした。

逃げる前に、パトカーが駆けつけた。丹治は緊急逮捕されてしまった。

大怪我をした三人は、丹治に痛めつけられた事実を認めようとしなかった。自分たちの体面《メンツ》を潰《つぶ》したくなかったのだろう。そのおかげで、丹治は起訴を免れた。

だが、マスコミが事件を派手に報道した。その結果、丹治は格闘技界を去らざるを得なくなった。取り巻き連中は一斉に遠ざかっていった。

丹治は人間不信に陥《おちい》った。

日本にはいたくなかった。丹治は世界放浪の旅に出た。ロンドンで無一文になりかけたころ、幸運にも危機管理コンサルタント会社の重役と知り合った。親日家《しんにちか》の英国人だった。

丹治は彼に誘われ、危機管理コンサルタント会社のアシスタント・スタッフになった。

正規のスタッフは英米の特殊部隊の出身者ばかりだった。彼らはプロの犯罪防止人として、商社マンや政財界人の誘拐・暗殺を未然に防いでいた。むろん、人質の救出活動にも携《たずさ》わっていた。

エキサイティングな仕事だった。

自分の性《しょう》にも合っていた。丹治は助手を務《つと》めながら、調査や犯罪対策のテクニックを四年余り学んだ。その体験を活《い》かして、いまの稼業に就《つ》いたのである。

最初の一年間は、ろくに依頼がなかった。

借金で喰《く》いつなぎながら、丹治は粘《ねば》り抜いた。どんな小さな仕事でも、決して手は抜かなかった。それで、少しずつ信用を得た。

開業二年目から、急激に依頼件数が増えた。年収一億円を超《こ》えたこともあった。

主な顧客《こきゃく》は大手商社や生保・損保会社だが、個人客も少なくない。政治家、実業家、文化人、プロのアスリート、芸能人などから、よく依頼が舞い込む。

もっとも最近は、好条件な依頼はめっきり少なくなってしまった。デフレ不況から脱していないからだろう。

それでも、労働単価は決して悪くない。危険を伴う仕事だけに、数百万円の成功報酬を得ることも珍しくなかった。

それに丹治には、臨時収入があった。

調査を進めていくと、悪党たちの弱みが透《す》けてくることがある。そんな連中から、彼は時々、口止め料をせしめていた。その額は、ばかにならなかった。ジャガーは、そうした泡銭《あぶくぜに》で購入した。

悪党どもから脅し取った副収入も含めれば、去年は八千万円近く稼いだ。しかし、その大半はすでにギャンブルで遣《つか》い果たしていた。丹治は賭《か》け事に目がなかった。競馬、競輪、競艇、オートレースと何でもやる。各種のカードゲームも愉《たの》しむ。

といっても、銭金《ぜにかね》だけを追い求めているのではなかった。

勝負の烈《はげ》しいせめぎ合いに、男のロマンを掻《か》き立てられるのだ。ことに大きな勝負は血を沸《わ》かす。実際、心身ともに熱くなれた。その一瞬が、たまらなく好きだった。女も嫌いではない。いい女を見ると、つい口説《くど》きたくなる性質《たち》だった。酒も好きだ。丹治はカーマニアでもあった。もう少し稼いだら、イタリア製のスーパーカーを手に入れたいと考えている。

「丹治さん、わたしの母に会っていただけませんか？」

沙霧が言った。

「おふくろさんに？」

「ええ。母といっても、父の後妻なんですけど。継母《はは》は、まだ三十二歳なんです。ですから、とっても心細そうで……」

「きみに兄弟は？」

「いません。わたし、ひとりっ子なんです」

「そう。きみの親父さんは、ずいぶん若い後添《のちぞ》いをもらったね。だいぶ年齢差があるんだろう？」

「父は五十七ですから、二十五歳違いですね」

「いまのおふくろさんは、どういう女性なんだい？」

「継母《はは》は二年半前まで、父の会社で秘書をしてました」

「親父さんの会社というと、特許権の管理関係なのかな？」

丹治は言った。

「特許権の管理もしてますけど、メインは貸ビルの管理業務をしてるんです。『三村エンタープライズ』という社名です」

「そうだ、親父さんの本業は貸ビル業だったな」

「ええ。父は祖父から相続したオフィスビルを都内に十八棟ほど持ってるんですけど、本来は技術屋なんです。男の兄弟がほかにいないんで、渋々、ビル管理の仕事をしてるようです」

「贅沢《ぜいたく》な話だな。きみは何をしてるの？」

「売れない翻訳家です」

沙霧が恥ずかしそうに言った。

「どんな翻訳をしてるんだい？」

「英米の児童文学の翻訳を細々とやってます」

「若いのに、立派だな。まだ二十三歳ぐらいだろう？」

丹治は、気になっていたことを確かめた。

「もう二十四歳になりました」

「そう」

「話の腰を折るようですけど、継母《はは》に会っていただけるんでしょうか」

「話だけは聞こう。これも何かの縁だろうからな」

「ありがとうございます」

「待ってくれ。まだ依頼を引き受けるとは言ってないよ」

丹治は苦笑し、スピードを上げた。

車は世田谷区の砧《きぬた》に差しかかっていた。成城まで、あと数キロだった。

2

指先が熱くなった。

煙草《たばこ》は短くなっていた。もう少しでフィルターに達してしまう。

丹治は慌《あわ》ててセブンスターの火を揉《も》み消した。

三村邸の応接間だ。かなり広い。二十五畳はあるだろう。家具や調度品は、どれも値の張りそうな物ばかりだった。

背後にあるマントルピースは総大理石だ。

白いなぐり仕上げの壁には、高名な洋画家の油彩画が掲《かか》げられている。百号ほどの大きさだった。頭上のシャンデリアも、なかなか凝《こ》ったものだ。深みのある色合のタペストリーは、ヨーロッパから取り寄せた物だろう。

応接間には丹治しかいない。

沙霧は丹治をベージュの総革張りの応接ソファに坐《すわ》らせると、すぐに継母《けいぼ》を呼びにいった。

——凄《すげ》え豪邸だな。敷地も三百坪はありそうだ。景気がなかなか回復しないといっても、リッチな奴は優雅な暮らしをしてるんだな。

丹治は溜息《ためいき》をついた。その直後、ドアが開いた。

沙霧は、和服姿の女を伴っていた。妖艶《ようえん》な女だった。

顔は卵形で、切れ長の目が何とも色っぽい。唇は小さめだが、ぽってりとしている。

男の心を掻《か》き乱すような容貌《ようぼう》だった。背は百六十センチぐらいか。

「継母《はは》です」

沙霧が連れを振り返った。

丹治は立ち上がって、名刺を差し出した。

和服の女は両手で名刺を受け取り、折り目正しく腰を折った。

「三村弥生《やよい》でございます。娘から話は聞きました。いろいろありがとうございました」

「当然のことをしただけです。それより、こんな夜更けにお邪魔してしまって……」

「無理なお願いをしたのは、こちらのほうです。厚かましいお願いとお思いでしょうが、どうかお力をお貸しください」

「お引き受けできるかどうかは、お話をうかがってみませんとね」

丹治は深々としたソファに腰を戻した。背当てのムートンが心地よい。

弥生が丹治の正面に坐った。

沙霧は仕切りドアの向こうに消えた。隣室はダイニングルームになっていた。茶の用意でもするのだろう。

改めて丹治は、弥生の着物を眺めた。抹茶色《まっちゃいろ》の無地の結城紬《ゆうきつむぎ》に、利休鼠《りきゅうねずみ》の帯を締めている。帯には、白い椿《つばき》に似た花が縫《ぬ》い込まれていた。花弁は細長かった。侘助《わびすけ》か。

視線が交《まじ》わると、弥生は目を和《なご》ませた。

匂《にお》うような微笑だった。官能的な赤い唇は小さく綻《ほころ》んでいた。項《うなじ》のあたりが艶《つや》っぽい。細い鼻は、ほどよい高さだ。髪はアップにまとめられている。

「三村氏と連絡がとれなくなったのは、一昨日《おととい》の夕方だったとか？」

丹治は確かめた。

「ええ。主人はロータリークラブの会合に出ると言って、オフィスを後《あと》にしたそうです。ですけど、その会合には出席してないんですの」

「最後にご主人を見かけたのは、どなたなんです？」

「秘書の唐木《からき》という者です」

「その方は女性ですか？」

「いいえ、男性です。唐木護《まもる》という名で、二十九歳だったと思います」

「一昨日、ご主人の様子に何か異変は？」

「特に変わった様子はありませんでした。唐木さんの話では、会社でも普段《ふだん》通りだったそうです」

弥生が長い睫毛《まつげ》を翳《かげ》らせた。夫の安否《あんぴ》が気がかりなのだろう。

美人の愁《うれ》い顔は、男の何かをくすぐる。弥生が自分の恋人なら、黙って強く抱きしめてやりたいところだ。

「オフィスや自宅に脅迫めいた電話や手紙は？」

「そういったものはまったく……」

「特許権を巡《めぐ》るトラブルなんかも、まるでなかったんですか？」

丹治は畳《たた》みかけた。

「はい、一度もありませんでした」

「ご主人がテナントの誰かと揉め事を起こしてるというようなことは？」

「それもないはずです。ただ、ある店子《たなこ》さんが家賃を少し安くしてもらえないかと言ってきたことはありましたけど。三カ月ほど前のことです」

「参考までに、そのテナントの名を教えてください」

「三村第七ビルに入居されてる興和《こうわ》商事さんです」

弥生が澱《よど》みなく答えた。

「代表取締役の名は？」

「竹森靖雄《たけもりやすお》という方です」

「で、家賃の件はどうなったんです？」

丹治は手帳を取り出し、テナントの名を書き留《と》めた。

「値下げはしませんでした。興和商事さんの家賃だけを安くするわけにはいきませんでしょ？」

「それはそうだろうね。竹森社長の反応は、どうだったんです？」

「がっかりしたようですけど、納得してくれました。あの件で、竹森さんが夫を恨むようなことはないと思います」

「仕事上のトラブルがないとしたら、個人的なことで誰かに逆恨《さかうら》みされてるのかもしれませんよ」

「わたしも、そのことを考えてみました。ですけど、思い当たる方はいないんですよね。夫の三村は利潤だけを追い求めるタイプではありませんから、他人に恨まれることはないはずです」

弥生が言った。

「失礼だが、家賃収入は月額でどのくらいになるんです？」

「約二億です」

「年間だと、二十四億円か。大変な収入ですね」

「実質収入は、ずっと少ないんです。諸々《もろもろ》の経費、税金、従業員の給与なんかを差し引いたら、手許《てもと》には十数億しか残らないんですの」

「特許権の使用料は、年間どのくらいになるんです？」

丹治は質問した。資産調べは気が重かったが、訊《き》かないわけにはいかなかった。営利誘拐の可能性もあったからだ。

「一億五、六千万でしょうか」

「たいしたもんだな」

「でも、相続税のことを考えると、頭が痛くなります」

弥生は微苦笑した。

「三村家の資産を考えると、ご主人は誘拐された可能性が高いな」

「それなら、犯人が身代金を要求してきそうですけど……」

「確かにね」

丹治は腕を組んだ。

会話が途切れた。ちょうどそのとき、沙霧がコーヒーを運んできた。香りがいい。

三つのカップをコーヒーテーブルに置くと、沙霧は継母《けいぼ》のかたわらに腰かけた。

弥生が丹治と交わした遣《や》り取りを娘に要領よく伝えた。資産家の若い後妻は、頭の回転も悪くなかった。

「父は暴力団に難癖《なんくせ》をつけられて、どこかに閉《と》じ込められてるんじゃないかしら？」

沙霧がコーヒーをひと口啜《すす》って、呟くように言った。すぐに継母《けいぼ》が口を開いた。

「暴力団が、あなたのお父さんを拉致《らち》したのかもしれないと言うの⁉」

「わたしを尾《つ》けてた二人は、やくざっぽかったの。きっと父は、彼らの仲間に誘拐されたのよ」

「そうだとしたら、犯人はもっと早くお金を要求してくるでしょ？」

「警戒して、警察の動きをうかがってるんだと思うわ」

「公園にいた二人組の片割れが、元やくざだと言ってたな。しかし、それが事実かどうかは確かめようがない」

丹治は口を挟《はさ》んだ。

言い終えたとき、サイドテーブルの上で電話機が鳴った。暗灰色のコードレスフォンだった。沙霧と弥生が一瞬、顔を見合わせた。どちらも緊張した面持《おもも》ちだった。

沙霧が電話に出た。すぐに眉根《まゆね》を寄せた。

誘拐犯からの連絡かもしれない。

丹治は沙霧を見つめた。何回か相手に呼びかけたきりで、彼女は言葉を交わさなかった。沙霧が受話器を置く。

「無言電話だったようだね？」

丹治は問いかけた。

「ええ。相手は、こちらの気配をうかがってるような感じでした」

「何か物音は聴《き》こえてこなかった？」

「いいえ、何も聴こえませんでした」

沙霧が首を振って、ふたたび継母と並んだ。

「きょう、きみはどんな動き方をしたのかな？」

「虎ノ門《とらのもん》にある父の会社からロータリークラブの会合のあった高輪《たかなわ》のホテルまで、徒歩でたどってみたんです。父の写真を持って道路沿いのお店を一軒一軒訪ねてみたんですけど、父の姿を見た人は誰もいませんでした。それから、父のベンツを見かけたという人も」

「どんなベンツ？」

「メタリックグレイのＳＬ五〇〇です」

「親父さんがホテルに行く途中で、誰かに強引に車を停めさせられた可能性はなさそうだな。そうさせられてたら、ひとりぐらいは目撃者がいるはずだからね」

「父は寄り道してから、高輪に向かうつもりだったんでしょうか？」

「そうも考えられるが、最初から会合に出る気はなかったんじゃないのかな。親父さんは、いつも自分で車を運転してるの？」

丹治は訊いた。

「いいえ、いつもはお抱え運転手さん任せでした」

「わざわざ自分でハンドルを握ったのは、他人《ひと》には知られたくない場所に出かける気だったんだろうな。そこがどういった場所だったかは、ちょっと見当がつかないがね」

「父は何か弱みでも握られて、誰かに呼びつけられたんでしょうか？」

「そういうことも考えられるね。そうだったとしたら、最悪の場合はすでに……」

「殺されてるかもしれない？」

沙霧が泣き出しそうな顔で、丹治の言葉を引き取った。

「そうだね。ところで、きみはなぜ世田谷公園にいたのかな？」

丹治は話題を転じた。

「あの公園の近くに、父の妹が住んでるんです。高輪のホテルまで歩いた後《あと》、わたし、叔母の家を訪ねてみたんですよ。父のことで何か手がかりを得られるかもしれないと思って」

「例の二人組に尾行されてると気づいたのは、どのあたりだった？」

「高輪で、地下鉄の都営浅草《あさくさ》線に乗ろうとしたときです。五反田《ごたんだ》駅で下車したときは、男たちの姿は見当たらなかったんです」

「そう」

「それで下馬《しもうま》五丁目の叔母の家に行ったんです。でも、あの男たちはずっとわたしを尾行してたんです。三時間後に叔母の家を出たら、彼らが暗がりに潜《ひそ》んでたの」

沙霧が身を震わせた。

「奴らは、きみにどんなことを言った？」

「父のことを嗅《か》ぎ回ってると、若死にするぞって脅されました」

「そのことをもっと早く聞いてたら、すぐに公園に引き返したんだがな」

丹治は歯噛《はが》みして、口を噤《つぐ》んだ。

それを待っていたように、弥生が言った。

「丹治さん、わたしたちの力になっていただけないでしょうか。できるだけのお礼《れい》はさせてもらうつもりです」

「二人の美女に頭を下げられたんじゃ、断れないな。明日から、調査に取りかかりましょう」

「ありがとうございます。それで、調査費用のことですけど……」

「着手金五十万、成功報酬が二百万ということでどうでしょう？　失踪人を捜し出せなくても、着手金はお返しできません。その代わり、経費の追加請求もしません」

丹治は、妥当《だとう》と思える金額を口にした。

弁護士などと違って、報酬額に規定があるわけではなかった。基本的にはリッチな依頼人には、高い成功報酬を吹っかけることにしていた。

しかし、相手が美人だと、どうしても値引きしてしまう傾向があった。また、意気に感じた仕事なら、損得勘定抜きで請け負う。丹治は俠気《おとこぎ》があった。

「それでは、いま、着手金をご用意いたしますので」

弥生が優美に腰を上げ、応接間から出ていった。

足音が遠ざかった。丹治は小声で沙霧に問いかけた。

「妙なことを訊《き》くが、両親の仲はどうなんだい？」

「仲睦《むつ》まじいですよ」

「それじゃ、親父さんが浮気をしてるなんてことは？」

「考えられませんね」

沙霧がきっぱりと言いきった。

「失礼な質問をしちゃったようだな。きみとお継母《かあ》さんの関係はどうなの？」

「わたしたちも仲良しです」

「自分の父親が若い女と再婚なんかしたら、なんとなくいい気分じゃないと思うんだがな」

「父には、父の生き方がありますからね。それに、わたしの生母は九年も前に病死してるんです。男盛りの父がずっと再婚しないというのも、なんだか不自然でしょ？」

「きみは物分かりがいいんだな」

丹治は柔らかく笑った。

そのとき、弥生が戻ってきた。丹治は五十万円の着手金を受け取ると、じきに腰を浮かせた。午前零時近い時刻だった。

丹治は弥生と沙霧に見送られて、ポーチに出た。

広い車寄せの右端に、ガレージが見える。ロールスロイス、ＢＭＷ、ボルボ八五〇が並んでいた。

──ベンツを入れると、四台も持ってるんだな。

丹治は妬《ねた》ましさを覚えながら、三村邸を出た。

車は長い石塀《いしべい》の際《きわ》に駐《と》めてあった。門扉《もんぴ》の近くだった。丹治はジャガーに乗り込んで、すぐに発進させた。

世田谷通りに向かう。

閑静な邸宅街は、ひっそりとしていた。世田谷通りに出て間《ま》もなくだった。携帯電話が軽やかな着信音を奏《かな》ではじめた。交通違反を承知で携帯電話を耳に当てる。

「やっと捕《つか》まったわね。何度もかけたのよ」

高梨未樹《たかなしみき》の声が流れてきた。

未樹は丹治の恋人である。二十七歳ながら、抜群にスタイルがいい。

彫りの深いマスクは、どこか日本人離れしている。身長は百七十センチ近かった。

だが、痩《や》せぎすではない。グラマラスだ。

胸と腰が豊かで、ウエストのくびれは深い。砂時計を想《おも》わせる体型だ。

街を一緒に歩いていると、きまって男たちが振り返る。それほど魅惑的な女だった。

未樹は姐御《あねご》肌で、実に気風がいい。女ながらも、ウルトラ級のギャンブル狂だった。

中山《なかやま》競馬場で知り合って、はや二年が経《た》つ。

丹治は未樹と結婚してもいいと密《ひそ》かに考えているが、彼女は型に嵌《は》まった生き方は望んでいない。当分、人妻になる気はないようだ。

未樹は元新劇女優である。

現在はプロダイバーだ。観光開発会社、海上保安庁、国土交通省などの依頼で、水路探査、深海の地盤調査などを引き受けていた。時には水死体の収容作業に駆《か》り出されたり、沈没船の検証などもしている。

収入は不安定なようだが、生活の苦労は一度も見せたことがない。そうしたミステリアスな部分も魅力の一つだった。

「体が火照《ほて》って眠れないようだな。なんだったら、ぶっ太い注射を射《う》ってやろうか」

丹治は、際《きわ》どいジョークを飛ばした。

「なに言ってるのよ。もう少しましな冗談を言えないの？」

「おれは根が下品だからね。用件は借金の申し込みだろ？　ここんとこ、仕事に恵まれてないみたいだからな」

「そんなんじゃないわ。いま、わたしの部屋に岩《いわ》さんとマリアが遊びに来てるのよ」

未樹が共通の友人の名を挙《あ》げた。

岩さんというのは岩城貴仲《いわきたかのぶ》のことで、ギャンブル仲間だ。マリアはフィリピン人ダンサーだった。岩城の内縁の妻である。

「どうせポーカーで、岩《いわ》の有り金をせしめてたんだろ？　悪女だね、おまえさんは。いい死に方できないぞ」

「まだポーカーはやってないの。地球の環境問題をテーマに討論会をやってたのよ」

「冗談きついな」

「うふふ。実はね、拳《けん》さんをカモにして、ひと稼ぎしようって話がまとまったわけ。夜遊びを適当に切り上げて、わたしのマンションに来ない？　ネギしょってね」

「おれをカモにするってか。そういう洒落《しゃれ》た台詞《せりふ》は十年後に言ってくれ」

「いま、どこ？」

「砧《きぬた》の近くだよ。これから、すぐそっちに向かおう」

丹治は電話を切ると、アクセルを深く踏み込んだ。

車の数は少なかった。未樹の借りているマンションは、中目黒《なかめぐろ》にある。駅から徒歩で五、六分の場所だった。山手《やまて》通りから、百メートル程度しか離れていない。

マンションに着いたのは、二十数分後だった。

丹治は五〇一号室に急いだ。

間取りは1LDKだ。部屋に入ると、岩城がリビングで内妻にコブラツイストのかけ方を教えていた。未樹は赤ワインを傾けながら、二人をにこやかに見ていた。

岩城は三十歳だが、童顔だった。丸顔で、目は糸のように細い。

かつてはプロレスラーだった。二メートルを超える巨漢だ。体重も百キロを軽くオーバーしている。

岩城はレスラー時代に、ギャンブルで多額の借金をこしらえてしまった。返済の目処《めど》はつかなかった。苦し紛《まぎ》れに大男は、異種格闘技で八百長試合を演じた。それが発覚してしまい、レスリング界から永久追放されたのだ。

職を失った岩城は、ある暴力団の用心棒になった。

客分扱いだった。それなりの贅沢《ぜいたく》はさせてもらったらしい。しかし、どこか気のいい岩城は、筋者《すじもの》には徹しきれなかった。

足を洗ったのは、およそ二年前だ。

それ以来、大男は各種の賭け事で喰《く》っている。といっても、あまり博才はない。内妻のマリアの稼ぎがなかったら、象目《ぞうめ》の元レスラーはとうの昔に餓死していたはずだ。

「岩、発情期の犬みてえにじゃれつくなって。みっともねえぞ」

丹治は、四つ年下の友人をからかった。

「やっとカモのご到着か。待ってたぜ」

「口だけは一人前だな」

「ご挨拶だね」

岩城が巨体を起こした。

贅肉《ぜいにく》だらけだ。太編みのデザインセーターは、はちきれそうだった。ストレッチジーンズも、丸太のような太腿に貼《は》りついている。

「ハーイ！」

マリアが陽気な挨拶《あいさつ》をして、軽やかに立ち上がった。

白いアンゴラセーターに、黒のレギンスだった。小柄ながら、均斉《きんせい》はとれている。

二十一歳のマリアは、底抜けに明るい。

歌舞伎町《かぶきちょう》のナイトクラブで毎夜、五ステージも踊っている。それでも月収は、三十数万円にしかならないという話だ。しかし、めったに愚痴《ぐち》は零《こぼ》さなかった。

岩城はマリアを拾ってやったとうそぶいているが、それは事実ではない。彼のほうがマリアに惚《ほ》れて、彼女のマンションに転がり込んだのだ。

マリアはセクシーで、顔立ちも整っていた。先祖にスペイン人の血が混《ま》じっているとかで、目鼻立ちはくっきりとしている。

肌の色も、それほど黒くない。よく動く黒曜石のような瞳《ひとみ》がキュートだ。岩城が未樹に顔を向けた。

「カモがネギしょってきたみてえだから、おっぱじめようや」

「そうね。みんな、こっちに来てちょうだい」

未樹が円形のダイニングテーブルを両手で軽く叩いた。

砂色のニットドレスを身につけている。深くくびれたウエストが悩ましい。欲望が息吹《いぶ》きそうだった。

――早いとこ勝負をつけて、岩とマリアを追っ払おう。

丹治は真っ先にテーブルについた。

正面に岩城、左隣にマリアが坐った。未樹が丹治の右隣に腰かけ、馴《な》れた手つきでカードをシャッフルしはじめた。

岩城が大口を開けて、アーモンドチョコレートを口の中に放り込んだ。

一粒《つぶ》ではない。四粒だった。嚙みしだき、蕩《とろ》けるような笑《え》みを浮かべた。元レスラーは、大の甘党だった。

いつもポケットにキャンディーやチョコレートを入れている。一日置きに汁粉《しるこ》を啜《すす》らないと、なんとなく不機嫌になる。酒は一滴も飲めない。奈良漬《ならづけ》で酔っ払うくちだ。

「岩、少し糖分を控えろって。そんな調子じゃ、数年のうちに総入れ歯になっちまうぞ」

「いいの、いいの。それより、丹治の旦那《だんな》、ちょっと札入れを見せてくれや。札束見ると、おれ、ファイトが湧《わ》くんだよ」

「一丁前のことを言いやがる。おまえこそ、マリアと夜逃げする前に尻尾《しっぽ》を巻くんだな」

「ちょっと、ちょっと！　二人とも、わたしに勝てると思ってんの？　ポーカーなら、いただきよ」

　未樹が丹治と岩城をいなし、鮮やかな手つきでカードを配りはじめた。

　丹治は気持ちを引き締めた。確かに未樹のほうがポーカーは強い。しかし、男の意地に懸けても負けたくなかった。

3

　陽光が眩《まぶ》しい。

　頭も重かった。明らかに寝不足だ。

　丹治は生欠伸《なまあくび》を噛み殺しながら、ステアリングを操《あやつ》っていた。

　外堀《そとぼり》通りである。まだ正午前だ。

未樹のベッドで眠ったのは、たったの三時間だった。岩城とマリアが引き揚《あ》げたのは明け方近くだ。それまでポーカーに興《きょう》じていたのである。

結果は、未樹のひとり勝ちだった。

岩城が七万円のマイナスをこしらえ、丹治は五万円ほど負けてしまった。マリアは、五、六千円負けたきりだった。

岩城たち二人がいなくなると、丹治はいつものように未樹を抱いた。

濃厚な情事になった。未樹は惜《お》しげもなく肉感的な肢体《したい》を晒《さら》し、幾度も愉悦《ゆえつ》の声を迸《ほとばし》らせた。そのつど、裸身を甘く震わせた。

丹治も燃えた。二度目の交わりを終えたときは、すっかり疲れ果てていた。二人は全裸のまま、眠りについた。

丹治は正午まで寝るつもりだった。

だが、電話で安眠を破られてしまった。未樹に仕事の依頼が舞い込んできたのである。まだ午前十時前だった。

二人はシャワーを浴び、コーヒーを飲んだ。

一緒に部屋を出たのは十時半だった。未樹は、横浜《よこはま》にある第三管区海上保安本部に向かった。頼まれた仕事は、遺体捜索らしかった。それ以上のことは知らない。

丹治は未樹と別れると、四谷《よつや》に車を走らせた。

訪問先は三村第七ビルだった。興和商事の竹森社長は、運よくオフィスにいた。

丹治は受付で身分を明かし、竹森との面会を求めた。

竹森は六十歳過ぎながら、脂《あぶら》ぎった男だった。恰幅《かっぷく》がよく、声が大きかった。竹森は少しも悪びれずに、ビルのオーナーに家賃の値下げを願い出たことを認めた。

別段、三村将史を恨んでいる気配はうかがえなかった。また、三村とは個人的なつき合いはないという話だった。したがって、失踪人に関する情報はほとんど得られなかった。

いま、丹治は虎ノ門をめざしている。社長秘書の唐木護に会うつもりだった。

失踪人のオフィスは、アメリカ大使館の裏手にあった。

三村第一ビルの三階を使っていた。丹治はジャガーを地下駐車場に置き、『三村エンタープライズ』のドアを押した。

受付嬢はいなかった。

二十人前後の社員がそれぞれの仕事に励んでいた。中高年の男性社員が多かった。そのせいか、活気はあまり感じられない。

丹治は、若い女性社員に来意を告げた。

感じのいい相手だった。すぐに丹治は応接室に通された。

十五畳ほどのスペースだった。黒革のソファセットと観葉植物の鉢があるだけだ。

簡素で、清潔な応接室である。

数分待つと、生真面目《きまじめ》そうな男が現われた。

唐木護だった。中肉中背で、これといった特徴はない。後日、街で擦《す》れ違っても気づかないだろう。

名刺を交換し、向かい合う。

「さっき社長の奥さんから電話がありまして、あなたに協力してほしいと頼まれました」

「そうですか。ひとつよろしく！」

丹治は早速、三村が行方不明になった日のことを詳《くわ》しく聞かせてもらった。

しかし、手がかりは得られなかった。三村は、いつもと変わらない様子で仕事をてきぱきと片づけ、高輪のホテルに向かったらしい。

「わたしたちも、わけがわからなくて途方に暮れてるんですよ」

唐木が悄然《しょうぜん》とした表情で呟いた。

「このオフィスに、見かけない人物がやってきたことは？」

「そういう方はいらっしゃらないですね」

「脅迫電話の類《たぐい》は、どうです？」

「ありませんでした。それから、脅迫状めいたものも届いてません」

ものだ。

「三村氏は月にどのくらいの割合で、自分でベンツを運転してたの？」

丹治は語調を崩した。あまり改まった喋り方をすると、概して相手の口は重くなるものだ。

「月に三、四回でしょうか。後《あと》は、たいていお抱えのドライバーが社長の車を運転してました」

「三村氏は何か理由《わけ》があって、時々、自分でベンツを転がしてたんだろうか」

「多分、単なる気分転換だったんでしょう。何か特別な理由があったとは思えません」

「社長のスケジュールノートをちょっと見せてもらえないかな？」

「いいですよ」

唐木が快諾《かいだく》し、いったん席を立った。

丹治は煙草に火を点《つ》けた。ヘビースモーカーだった。一日にセブンスターを六、七十本は灰にしている。

ふた口ほど喫《す》ったとき、唐木が戻ってきた。大判のビジネス手帳を抱えていた。カバーは黒だった。

丹治はそれを受け取り、目で文字を追いはじめた。

三村の行動が手に取るようにわかった。会った人物の氏名や役職まで克明に記《しる》されている。訪問先は圧倒的に特許庁が多い。登録申請の内容まで記述されていた。

三村は時々、発明にまつわる講演をしている。その会場や講演料の額も明記してあった。

「最近、三村氏はテレビに出なくなったね。雑誌にも登場してないようだが、何か心境の変化でもあったのかな」

丹治は顔を上げた。

「マスコミは興味本位な取り上げ方しかしてくれませんし、あちこちから寄附してくれなんて電話が頻繁《ひんぱん》にかかってくるようになったんですよ。それで、社長は厭気《いやけ》がさしてしまって、ワイドショーや週刊誌のインタビューは断るようになったんです」

「そう。世間に名が知られるようになると、有名税ってやつを払わされるからな」

「ええ、そうですね。だから、マスコミから遠ざかったわけです」

唐木が言った。

丹治は短くなった煙草の火を消し、ふたたびビジネス手帳に目を落とした。

夜の交際は少なかった。ビルメンテナンス会社の役員に接待される程度で、あまり銀座《ぎんざ》や赤坂《あかさか》には繰《く》り出していない。

ゴルフの回数も多くなかった。

グリーンに出るのは月に一、二回だった。それも、すべて近場《ちかば》のゴルフ場だ。伊東《いとう》や箱根《はこね》には出かけていない。

読み進んでいくうちに、気になる記述が目に留《と》まった。

週に一、二度、単に〝南青山《みなみあおやま》〟とだけ書かれた箇所があった。その日は、きまって運転手を先に帰らせている。三村は自《みず》らベンツを駆ったり、タクシーを使ったりして、秘密の場所に通っているのではないか。

「〝南青山〟って書かれてる箇所があるが、これは何なんだろう？」

「えーと、それはですね」

唐木が口ごもり、視線を宙にさまよわせた。

「仕事上の秘密は絶対に口外しません。正直に話してもらいたいな」

丹治は唐木の顔を見据《みす》えた。唐木が一呼吸してから、最初に念を押した。

「弥生夫人や沙霧さんには、絶対に内緒にしてもらえますね」

「了解！」

「実は、社長には若い愛人がいるんですよ。その女性を南青山のマンションに住まわせてるんです」

「その愛人の名は？」

丹治はブルゾンの内ポケットから、手帳を抓《つま》み出した。

「浦上《うらがみ》かすみといいます。二十五歳です。社長は一年ほど前から、彼女の面倒を見てるんですよ」

唐木がハンカチで額の汗を拭《ぬぐ》った。

「手当は、どのくらい渡してるの？」

「額まではわかりません。しかし、彼女のいる部屋は家賃が三十五万円ですから、その二、三倍の手当は渡してるんじゃないでしょうか」

「だろうね。浦上かすみのアドレスを教えてくれないか」

丹治はビジネス手帳を畳んだ。

「彼女にお会いになっても、あまり役立つとは思えませんが……」

「いや、無駄にはならないだろう。さきおとといの夕方、三村氏は会合をすっぽかして、ベンツSL五〇〇を南青山に走らせたとも考えられるからね」

「そうなんでしょうか」

「案外、三村氏は愛人宅で腹上死しかけて、どこかの病院にこっそり入院してるのかもしれないぜ。そういう事情なら、会社や家には電話しにくいからな」

「そうだったら、秘書のわたしには連絡をしてくると思うんですがね」

「とにかく、浦上かすみに会ってみたいんだ」

「わかりました」

唐木が上着の内ポケットを探《さぐ》った。取り出したのは細長い住所録だった。

丹治は、三村の愛人宅の住所をメモした。聞き覚えのある高級マンションだった。

唐木が住所録をしまい、また額にハンカチを当てた。

「若い後妻がいるのに、三村氏もお盛んだな」

「あのう、浦上さんのことはぜひ内分《ないぶん》に願います。そうでないと、わたしの立場がまずくなりますんで」

「わかってるよ。心配するなって」

丹治は腰を浮かせた。

三村のオフィスを出て、エレベーターで地下駐車場に降りる。車に乗り込みかけたとき、赤いBMWがスロープを下《くだ》ってきた。

その車を運転しているのは、三村弥生だった。

丹治は会釈《えしゃく》した。弥生がすぐ丹治に気づき、にこやかに目礼した。丹治は走路に出た。

BMWが近くに停まった。パワーウインドーが音もなく下がった。

「昨夜《ゆうべ》はありがとうございました。早速、調査に取りかかっていただいてるようですね?」

弥生が先に口を切った。チャコールグレイのスーツ姿だ。素材はカシミヤだろう。

「いま、唐木さんに会ってきたとこです」

「何かわかりまして?」

「有力な手がかりは得られませんでした。こちらには、どのような用事で？」

丹治は訊いた。

「一時間ほど前に成城署から電話がありまして、社長室の中を調べさせてほしいと言ってきたんです。それで、わたしが立ち会うことになったんですよ」

「そうですか。警察の連中と腕較《うでくら》べすることになったわけか」

「大きな声では言えませんけど、わたし、警察はあまり当てにしてないんです。ですから、丹治さん、よろしくお願いしますね」

弥生が縋《すが》るように言った。眼差《まなざ》しが色っぽかった。

丹治は大きくうなずき、自分の車に乗り込んだ。

ＢＭＷが前に進み、来客用のスペースに尻から退《さ》がりはじめた。

丹治はジャガーを走らせはじめた。長いスロープを一気に登った。

六本木《ろっぽんぎ》通りに出て、高樹町《たかぎちょう》ランプの先で右に折れる。道路は、さほど混《こ》んでいなかった。

目的のマンションは、南青山五丁目の外れにあった。

ゴージャスな造りだった。磁器タイル張《ば》りの十二階建てで、デザインにも工夫が凝《こ》らされている。

丹治は路肩《ろかた》に車を寄せた。

マンションの前庭の横だった。駐車禁止の立て看板が目に留まったが、少しも気にしなかった。エントランスに歩《ほ》を進める。

管理人は見当たらない。オートロック・システムだった。丹治は集合インターフォンに歩み寄り、浦上かすみの部屋番号を押した。

ややあって、部屋の主らしい声で応答があった。

丹治は身分を明かし、来意を告げた。

「わかりました。いま、ロックを解《と》きます」

スピーカーから、かすみの当惑気味の声が返ってきた。

丹治はエレベーターで六階に上がった。かすみの部屋は角にあった。ドア・チャイムを鳴らす。

現われたのは、黒いレオタードをまとった女だった。

胸の谷間が深い。うっすらと汗ばんでいる。白い太腿《ふともも》が悩殺的だ。

飛び切りの美人ではない。

しかし、妙に男を惹《ひ》きつける雰囲気を漂わせていた。目も口も大きい。上唇は幾分、捲《めく》れ上がっている。小悪魔といった印象だ。

「浦上かすみさんだね？」

丹治はくだけた口調で訊《き》いた。

「ええ。こんな恰好で、ごめんなさい。美容体操中だったの」

「セクシーで目が眩《くら》みそうだよ」

「いやだわ」

かすみが身をくねらせ、スリッパラックに腕を伸ばした。

部屋は2LDKだった。リビングには、自転車に似た美容体操器が置かれていた。CDミニコンポから、マライア・キャリーの新曲が流れていた。バラードだった。

かすみが椅子《いす》を勧《すす》め、CDを停止させた。

丹治はロータイプのソファに坐った。色はターコイズブルーだった。

「コーヒーか何かお飲みになります？」

かすみがペイズリー模様の巻きスカートで下半身を覆《おお》いながら、明るく問いかけてきた。

この部屋で三村が腹上死しかけたかもしれないと考えたのは、見当外れだったようだ。愛人に狼狽《ろうばい》や困惑の色は見えない。

「お構いなく。さきおとといのことなんだが、三村氏はこの部屋に来なかった？」

「それに答える前に、ちょっと確認させて。わたしのこと、誰から聞いたの？」

「秘書だよ、きみのパトロンの。社長夫人や娘さんは、三村氏ときみの関係は知らないはずだ」

「よかったわ。ゴタゴタに巻き込まれるのかなって、ちょっぴり気が重くなりかけてたの」

「で、どうなんだい？」

丹治は返事を促《うなが》した。

「夕方、来たわ。ロータリークラブの会合をサボって、ここに寄ったのよ」

「やっぱり、そうか。三村氏は、ここにどのくらいいたのかな？」

「三時間ぐらいだったかしらね。部屋を出ていったのは、午後九時ごろだったと思うわ」

かすみが答え、丹治の前のソファに坐った。

「三村氏が行方不明になってることは、知ってるよね？」

「ええ、知ってるわ。唐木さんが一昨日《おととい》の朝、ここに問い合わせの電話をかけてきたの。あの人、パパがここに泊まったと思ったみたい」

「三村氏は、いつも泊まらずに成城の家に帰ってたのか」

「そうなの。お互いに、そのほうがいいのよ。パパとわたしは所詮《しょせん》、体だけの結びつきなんだから。泊まられたら、わたしだって、うっとうしいわ」

「銭《ぜに》と引き換えに、若い肉体を提供してるだけだってわけか」

「ええ、そうね。事実その通りなんだから、きれいごとなんか言いたくないわ」

「三村氏は帰るとき、どこかに寄るようなことを言ってなかった？」

「ううん。特に何も言わなかったわ。ただ、なんとなく元気がなかったわね」

「それは性的なことを言ってるのかい？」

丹治はストレートに訊いた。

「そういうことも含めて、なんかいつもと様子が違ってたの。何か考えごとをしてるような感じだったわね」

「家族や秘書の話だと、三村氏が何かで思い悩んでたという様子はなかったらしいんだが……」

「それなら、わたしの考え過ぎなのもしれないわ」

かすみが言った。拘《こだわ》りのない声だった。

「三村氏は最近、新しい事業計画があるとか、新案特許のことで何か洩らしてなかった？」

「パパがここに来たときは、ビジネス関係の話はしないように頼んであったの。だから、そういうことはまったく話さなかったわ」

「そうか」

「こんなことになってなければ、パパとわたし、きのうの午後に陶芸家の先生のお宅に出かけることになってたの」

「陶芸家？」

丹治は訊き返した。

「ええ。門脇恭一《かどわききょういち》って陶芸家なんだけど、知らない？」

「そういう方面には疎《うと》いんだ」

「実は、わたしも全然知らなかったの。パパの話によると、門脇先生って、割に有名なんだって」

「そうなのか。なんで、陶芸家のところに行くことになってたんだい？」

「パパはね、わたしのために、その先生に壺《つぼ》を創《つく》らせてたの。二人で、その出来具合を見に行くことになってたのよ」

「なるほど。きみは、その門脇って陶芸家に会ったことがあるのかい？」

「一度だけあるわ。パパに連れられて、先生の個展を覗いたことがあるの。門脇先生は芸術家タイプで、ちょっと素敵だったわ」

「いくつぐらいなんだい？」

「四十二、三歳じゃないかな」

「陶芸家の先生と三村氏は、だいぶ親しいの？」

「そういう印象を受けたわ」

「門脇氏の住所、わかる？」

「個展のときのパンフレットが、どこかにあったはずだわ。ちょっと探してみるわね」

かすみが立ち上がって、左側にある和室に入っていった。八畳間だった。

一間《いっけん》の床の間が付いていた。リビングの右手が寝室になっているらしかった。

ドアで閉《と》ざされ、室内の様子はうかがえない。おおかた高級ダブルベッドが鎮座《ちんざ》しているのだろう。

数分後、かすみが居間に戻ってきた。

細長いパンフレットを持っていた。丹治は、それを見せてもらった。

門脇恭一の略歴と代表作品名が列記されていた。信楽焼《しがらきやき》から出発し、いまは独自の作風で人気を集めているらしい。

顔写真も添えてあった。

神経質そうな感じだった。工房の住所が印刷されている。川崎《かわさき》市多摩《たま》区王禅寺《おうぜんじ》だった。最寄《もよ》り駅は、小田急《おだきゅう》線の新百合ケ丘《しんゆりがおか》あたりだろう。

丹治は住所を書き写して、パンフレットをかすみに返した。

「ちょっと魅力的でしょ？　一度ぐらいなら、抱かれてもいい感じ」

かすみが言った。本気とも冗談とも受け取れる口調だった。

「きみは逞《たくま》しいな」

「女って、みんな、強《したた》かよ」

「そうなのかもしれないな。男たちより神経が図太いから、長生きできるんだろう」

丹治は皮肉たっぷりに言い、勢いよく立ち上がった。

4

道が急に途切《とぎ》れた。

袋小路だった。両側は畑だ。小松菜に似た野菜が疎《まば》らに植えられている。

丘の上だった。後方には、王禅寺の新興住宅街が拡《ひろ》がっている。あたりに人気《ひとけ》はなかった。

丹治はジャガーのエンジンを切った。

午後三時過ぎだった。真っ正面に陶芸家の工房が見える。四阿《あずまや》を想《おも》わせる造りだ。四阿とは異《こと》なり、壁も羽目板もあった。柾《まさき》の生垣《いけがき》が巡らされている。敷地は、だいぶ広そうだ。

車を降りる。風が強い。土埃《つちぼこり》が舞っていた。

丹治は袋小路の奥まで歩いた。

低い門扉《もんぴ》を押して、邸内に入る。

工房に向かいかけたとたん、植え込みの陰から犬が飛び出してきた。茶色のボクサーだった。総身の筋肉が引き締まり、いかにも足が速《はや》そうに見える。

ボクサーが数メートル先で、激しく吼《ほ》えたてた。

いまにも飛びかかってきそうな姿勢だった。牙《きば》が鋭く、舌が長かった。

「そう興奮するなよ。おれは空き巣じゃないんだからさ」

丹治は苦く笑って、闘犬をなだめた。

効果はなかった。ボクサーの唸《うな》りが一段と高くなった。

そのとき、誰かが走り寄ってきた。

門脇だった。写真よりも、いくらか若く見える。

奇妙な身なりをしていた。藍色《あいいろ》の作務衣《さむえ》の上にカーキ色の防寒コートを羽織《はお》っている。やや長めの髪は、青いバンダナですっぽりと包まれていた。

右手にぶら下げているのは、充分に使い込まれた大ぶりの鉈《なた》だった。厚い刃は鈍《にぶ》い光を放っている。

「別に怪しい者じゃありません」

丹治は笑顔で話しかけた。

「あっ、誤解です。鉈を持ってるのは、たまたま奥で薪《まき》を割ってたからなんですよ」

「そうだったのか。陶芸家の門脇さんですね？」

「ええ。あなたは？」

門脇が問い返してきた。

丹治は素姓《すじょう》を明かした。調査の内容にも触《ふ》れた。門脇が納得し、飼い犬を追い払った。

「三村氏が行方不明だということはご存じでした?」

丹治は切り出した。

「ええ、知ってました。きのう、三村さんがここに見えることになってたんですよ。しかし、いらっしゃらなかったので、会社のほうに電話をしてみたんです。それで知ったわけです」

「そうですか。少しお話をうかがいたいんですが、よろしいですか」

「ええ、かまいませんよ。庭で立ち話もなんですから、どうぞアトリエに」

門脇が案内に立った。

丹治は後《あと》に従った。工房の中は暖かかった。二つの石油ストーブが赤々と燃えている。
三十五、六畳の広さだった。半分は土間で、半分は板張りになっている。
壁際の棚には、壺や花器が並んでいた。信楽焼と益子《ましこ》焼をミックスしたような風合《ふうあい》だった。色は、どれもアースカラーだ。

土間の一隅には、木製の轆轤《ろくろ》台が二台あった。

その脇には粘土が見える。乾燥用の渡し板は、焼きを待つ陶芸品で埋まっていた。二人は上がり框《かまち》に腰かけた。どちらも斜めに尻《しり》を据《す》える恰好だった。

「ここで寝泊まりしながら、仕事に打ち込まれてるんですか？」

丹治は訊いた。

「ここは、純然たるアトリエです。同じ敷地内に母屋《おもや》があるんですよ」

「そうなんですか。早速ですが、三村氏の失踪に何か思い当たることは？」

「すぐには、ちょっと思い当たりませんね。しかし、何かの事件に巻き込まれたことは間違いないでしょう」

「なぜ、そう思われるんです？」

「三村さんは、とても律儀《りちぎ》な方なんですよ。無断で約束を破るようなことはしないはずです」

門脇が言った。

「なるほどね。三村氏とは、だいぶ長いおつき合いなんですか？」

「五、六年のつき合いです。たまたま作品を買っていただいたのがご縁で、おつき合いさせてもらってるんです。といっても、プライベートなおつき合いはほとんどありませんけどね」

「三村氏は、あなたの作品を何点ぐらい買われたんです？」

「十数点でしょうか。素朴な風合がお好きだとおっしゃって、お買い上げくださったんですよ」

「成城の三村邸に行かれたことは？」

丹治は訊《き》いた。

「二度あります。二度とも、作品をお届けに上がったんです。いつもは三村さんご自身が、ここまで足を運んでくれてたんですが」

「それじゃ、弥生夫人や沙霧さんとも面識があるわけだ」

「ええ。お二人とも、とっても美しい方ですね。挨拶程度の言葉しか交わしませんでしたけど、お二人の印象は強く残ってます」

「最近、三村氏から何か相談をされたことは？」

「相談ということではありませんが、ちょっと頼まれごとをされたことはあります」

門脇がためらいがちに言った。

「どんな頼まれごとだったんです？」

「三カ月ほど前でしたか、三村さんから古美術の鑑定家を紹介してもらえないかと頼まれたんですよ」

「古美術の鑑定家？」

「そうです。どうも三村さんは悪い古美術商に騙《だま》されて、贋作《がんさく》の浮世絵を掴《つか》まされたようなんです。なんだか気の毒な気がしたんで、知り合いの鑑定家を紹介しておきました」

「三村氏は、どんな浮世絵を買ったんです？」

「わたし自身は見てないんですよ。三村さんから聞いたところによると、菱川師宣《ひしかわもろのぶ》の版本挿画三点、鈴木春信《すずきはるのぶ》の錦絵《にしきえ》と呼ばれてる多色刷りの版画二点、喜多川歌麿《きたがわうたまろ》と葛飾北斎《かつしかほくさい》の肉筆画を各一点ずつ買ったそうです」

「買値も教えてもらいました？」

丹治は問いかけた。

「七点で一億四千万円だったそうです。歌麿と北斎の肉筆画が真作《しんさく》なら、決して高くはない買物だったでしょうね。しかし、七点とも真作じゃなかったらしいんです」

「ちょっと待ってください。三村氏は、なんでそうもたやすく騙されてしまったんですかね。浮世絵は、鑑定書付きだったんでしょう？」

「ええ。一応ね。しかし、その鑑定書もいんちきなものだったんです」

「ひどい話だな」

「確かにね。しかし、すべての美術品に贋作《がんさく》はつきものです。陶芸品にも贋物《にせもの》は多いんですよ。日本の古美術品でも価値の高いものは、すべて贋作が出回ってます」

「それじゃコレクターの中には、贋物を大事に所蔵《しょぞう》してる者もいるわけか」

「むしろ、そういう連中のほうが多いでしょうね」

門脇が皮肉っぽく笑った。

「三村氏は怒っただろうな」

「古美術商を告訴しましたよ。ところが、相手が開き直って逆に三村さんを誣告罪《ぶこく》で訴えたらしいんです」

「とんでもない奴だな。しかし、ちゃんとした鑑定家の真贋《しんがん》判定が下《くだ》ったんだったら、古美術商に勝ち目はないでしょ?」

「まともに争えば、そうでしょうね。しかし、相手はなかなか悪知恵のたけた奴で、自分が売ったのは真作だと主張し、三村さんが贋作とすり替えて言いがかりをつけてるんだと譲らないんだそうです」

「盗っ人たけだけしいな」

丹治は呆《あき》れた。

「ほんとですね。そんなわけで、現在、係争中《けいそうちゅう》だという話です。決着がつくのは、だいぶ先になるでしょう」

「民事のトラブルは時間がかかるからな」

「ええ、そうですね。ひょっとしたら、今度のこととその裁判は繋《つな》がりがあるんじゃないだろうか」

門脇が自問するように呟いた。

「その古美術商の名前、わかります？」

「確か粕谷忠幸《かすやただゆき》という名でした。目黒《めぐろ》区駒場《こまば》二丁目で、『風雅堂《ふうがどう》』という古美術店をやってるそうです」

「年齢まではわからないでしょうね？」

「五十二歳だったかな。粕谷という男は暴力団関係者ともつき合いがあるようですから、少し気をつけたほうがいいですよ」

「そうしましょう。ご協力に感謝します」

丹治は腰を上げた。

陶芸家が言うように、三村の失踪には浮世絵を巡るトラブルが絡んでいるのか。三村の娘は元やくざらしい二人に尾《つ》けられ、脅迫されている。古美術商が、あの男たちを動かしたのだろうか。

考えられないことではない。粕谷に会ってみる必要がありそうだ。

工房を出ると、ボクサーが走ってきた。

また、丹治に吼《ほ》えたてた。飼い主が鋭く叱《しか》りつけた。筋肉質の闘犬は、建物の陰に消えた。

「失礼しました。どうも躾《しつけ》が悪くて、わたし以外の人間には敵意を示すんですよ」

門脇が弁解した。きまり悪げだった。

「気にしないでください。窯《かま》もここにあるんですか？」

「ええ。母屋の向こう側に。しかし、ここでは小品しか焼けなくなりました。すぐ近くまで住宅が迫ってきたものですから、一昼夜も煙を出すわけにはいかなくなりましてね」

「そうか、そうだろうな。それじゃ、別の場所に窯をお持ちなんですね？」

「ええ。丹沢《たんざわ》の山の中に、三年前にこしらえた窯があります」

「お弟子さんか誰かが、そちらにいるわけですか」

「いいえ。そこには誰もいません。弟子はいないんですよ。人づき合いが下手《へた》なもんだから、ひとりで気楽にやってるんです」

「そうですか。いつかあなたの作品を買えるように、せいぜい稼ぐことにします」

丹治は表に出た。

袋小路を大股で歩き、ジャガーに乗る。リヴァースで広い道まで引き返し、丘陵地を下《くだ》った。世田谷通りに出て、車首を東京に向ける。

丹治は登戸《のぼりと》のレストランで腹ごしらえをしてから、車を駒場に走らせた。多摩《たま》川を越えると、道路は渋滞していた。

のろのろと走っているうちに、次第に上瞼《うわまぶた》が垂れてきた。丹治は睡魔と闘いながら、車を走らせつづけた。

『風雅堂』を探し当てたのは、暮れなずむころだった。

店は閑静な住宅街の中にあった。割烹《かっぽう》旅館めいた店構えだった。塀《へい》から、松が枝を伸ばしている。枝ぶりがいい。看板がなければ、うっかり見過ごしてしまっただろう。

丹治は冠木門《かぶきもん》を潜《くぐ》った。

石畳の両側に植え込みがあった。寒椿《かんつばき》が赤い花をつけている。庭の奥の方で、竹の澄《す》んだ音がした。

筧《かけひ》が石を打つ音だった。どこかに茶室が設けられ、鹿威《ししおど》しがあるようだ。粕谷という男は、風流人を気取っているらしい。

丹治は玄関先に立った。

インターフォンは見当たらない。

戸の横の壁に、木鐸《ぼくたく》がぶら提《さ》がっていた。舌の部分が木製の大きな鈴だ。呼び鈴《りん》代わりに使われているのだろう。

丹治は木鐸を鳴らし、玄関戸を開けた。

三和土《たたき》は二坪もあった。右横にガラスの陳列ケースがあり、何点か古美術品が飾られている。金銀の粉を散らした蒔絵《まきえ》が目を惹《ひ》く。

衝立《ついたて》の向こうから、四十三、四歳の女が現われた。どことなく般若《はんにゃ》に似た面差《おもざ》しだった。

目に険《けん》があった。体もぎすぎすした感じだ。連想的に、冷感症という言葉が脳裏に浮かんだ。

「どちらさまでしょう?」

「フリーライターなんですよ」

丹治は愛想笑いをして、偽名刺を差し出した。

仕事柄、常に十数種の偽名刺を持ち歩いていた。調査の内容によって、それらの名刺を使い分けている。

女が名刺を見ながら、うっとうしげに問いかけてきた。

「それで、ご用件は?」

「失礼ですが、あなたは粕谷忠幸さんの奥さんでしょうか?」

「ええ」

「ご主人にお目にかかりたくて伺《うかが》った次第です」

「あいにく夫は出かけております。今夜は京都《きょうと》に泊まることになってます。こちらに戻るのは、明日の夜になると思いますよ」

「そうですか。ご主人は、三村将史氏を誣告《ぶこく》罪で訴えましたよね?」

「あなた、それをどこで聞きつけてきたの⁉」

「ニュースソースは明かせません。それがジャーナリストのマナーなんでね」

丹治は、もっともらしく言った。

「それで、どういった取材をするつもりなの？」

「裁判のこと、どう思われます？　ご主人に勝算があるとお考えでしょうか」

「当然、粕谷が勝ちますよ！　夫が贋作なんか売るわけないわ。そんなことをしたら、三十年以上もかかって築き上げた信用を失うことになるじゃないのっ」

粕谷の妻が憤《いきどお》ろしげに言った。

「なぜ、こんなことになったんですかね」

「三村さんは、円山応挙《まるやまおうきょ》の山水画を手に入れ損なったんで、面白くないんですよ。それだから、夫にあんな厭《いや》がらせをしたにちがいないわ」

「その話、もう少し詳《くわ》しくお話し願えませんか」

丹治は喰《く》い下がった。粕谷の妻が少し迷ってから、早口で喋りはじめた。

「去年の夏、滋賀《しが》県の資産家が亡くなって、遺族の方が応挙の屏風絵《びょうぶえ》を売りに出したんですよ。粕谷は、その絵の買い付けに失敗しちゃったの」

「三村氏は、応挙の作品を手に入れたがってたんですね？」

「そう、前々からね。競《せ》りに出されたんだったら、夫は絶対に落札してたと思うわ。

でもね、同業者の手から和歌山《わかやま》県の山林王に渡ってしまったのよ」

「それじゃ、手の打ちようがないんだろうな」

「そうなのよ。なのに、三村さんは粕谷を無能呼ばわりして、いったん買った七点の浮世絵を買い戻せと迫ったの」

「それが事実なら、理不尽な話ですね」

丹治は言った。

「事実ですよ。粕谷、とっても怒ってたわ」

「で、ご主人は買い戻しの話に応じなかったわけか」

「当たり前でしょ。誰だって、断るわ。そんなこんなで三村さんは余計に腹を立てて、今度の裁判騒ぎを引き起こしたのよ。こちらは大迷惑だわ」

粕谷の妻が息巻《いきま》いた。

門脇の話とは、まるで逆だった。どちらの言い分が正しいのか。

丹治は礼を述べ、ほどなく辞去した。

いつしか夕闇が濃くなっていた。大股で自分の車に向かう。

数メートル歩いたとき、丹治は怪しい人影に気づいた。

黒革のボマージャケットを着た若い男が、どういうつもりか、ジャガーの横にうずくまっていた。

二十三、四歳だろう。細身だった。男はモンキースパナを握っている。
「おい、何してるんだっ」

丹治は大声で咎《とが》めた。同時に、足を速《はや》めた。

男がゆっくりと立ち上がった。

妙な笑みを拡《ひろ》げた。少しも怯《おび》えてはいない。逃げる様子もなかった。

頭がおかしいのか。

丹治はことさら怒った表情をつくり、いきなり走りだした。怒号も放った。

すると、男が逃げた。しかし、全速力ではない。中途半端な駆け足だった。

不審者は振り返る余裕さえ見せた。

罠《わな》なのか。その疑いもあった。

丹治は、たじろがなかった。罠だとしたら、見えなかったものが見えてくる。かえって好都合《こうつごう》だ。

追った。追いながら、丹治は周囲に目をやった。

逃げる男のほかには、気になる人影はなかった。緊張が緩《ゆる》む。

男が急に速度を上げた。

丹治も疾駆《しっく》した。前髪が逆立《さかだ》ち、耳に風切り音が届いた。

男は住宅街を走り抜けると、マンションの建築現場に駆け込んだ。

仮囲《かこ》いの塀《へい》には、大手建設会社の名が記《しる》されている。作業員の姿は見当たらない。道路にもトラックの類《たぐい》は駐《と》められていなかった。

九階建てのマンションだった。

まだ六分《ろくぶ》ほどしか出来ていない。階段や各階のフロアは、コンクリートを打ちっ放しの状態だった。ところどころに型枠《かたわく》が残っている。窓には、何も嵌《は》まっていなかった。

男は三階のフロアまで駆け上がった。

丹治も同じ階に昇った。

いったん廊下で足を止める。動く人影は見当たらなかった。

丹治は奥に進んだ。コンクリートの支柱が十数本見えるが、仕切り壁はなかった。だだっ広い。窓から射《さ》し込む月明かりで、思いのほか明るかった。

目を凝《こ》らす。

男は隅《すみ》の暗がりに立っていた。肩が大きく上下している。吐く息が太かった。

丹治は男に近寄りはじめた。

ほとんど呼吸は乱れていなかった。歩きながら、耳に神経を集める。仲間が潜《ひそ》んでいる気配は感じられない。

丹治は足を速《はや》めた。指先が冷たかった。息を吹きかける。ほんの少しだけ温《ぬく》もった。

「こっちに来るなっ」

男が喚《わめ》いた。ほとんど同時に、右腕が大きく動いた。

モンキースパナが飛んできた。丹治は慌《あわ》てなかった。落ち着き払って、身を躱《かわ》す。

スパナは左肩の上を駆け、背後の支柱にぶち当たった。落下音が高く響いた。

「おれの車に何をしようとしたんだっ」

丹治は、男を睨《にら》みつけた。

男は無言だった。ゆっくりと視線を外した。

「黙ってると、痛い思いをすることになるぞ」

「ただ、車を見せてもらってただけじゃねえか。悪いかよっ」

「スパナのことは、どう説明するんだい？」

丹治は片方の目を眇《すが》めた。他人を侮蔑《ぶべつ》するときの癖だった。

男が首を竦《すく》めた。口許《くちもと》に奇妙な笑《え》みを浮かべている。神経に障《さわ》る笑みだった。

丹治は踏み出した。

三歩進んで、男を睨《ね》めつける。しかし、相手の顔から薄ら笑いは消えない。

丹治は首のマフラーを外した。ベージュだった。右の拳《こぶし》に巻きつける。

男の笑みが凍《こお》った。眉《まゆ》がたわみ、頬が醜《みにく》く引き攣《つ》った。気圧《けお》されたのか、一歩退《さ》がった。まるで胸を突かれたような退がり方だった。

丹治はマフラーを巻き終えた。

ナックルで殴ると、相手の歯で拳《こぶし》を傷つけることがある。喧嘩馴《な》れしていない相手は、喚《わめ》くことで恐怖心を捩伏《ねじふ》せようとするものだ。

その結果、口を開く時間が長くなる。男の汚らしい歯で、手に傷を負うのは避けたい。

丹治は間合いを詰めた。

男が後退する。二歩だった。

もう退《さ》がれない。後ろは厚いコンクリートの壁だった。逃げ場を失った男は、明らかに狼狽《ろうばい》しはじめた。目が気忙《きぜわ》しく動いた。

丹治はほくそ笑《え》んだ。

勝利の予感が胸に生まれた。どう痛めつけてやるか。残忍な気分も迫《せ》り上がってきた。

男の視線が床の建材に向けられた。角材が積んであった。

丹治は床を蹴った。

頭髪が揺れる。男が棒立ちになった。右の膝頭に、男の筋肉と骨が触《ふ》れた。飛び膝蹴りは、相手の懐《ふところ》に極《き》まった。

右のショートフックは、男のこめかみを砕《くだ》いた。充分な手応《てごた》えがあった。拳《こぶし》は傷《いた》めなかった。

男は後頭部を壁面に打ちつけ、横倒れに転がった。二度、呻いた。

丹治は急《せ》かなかった。男が起き上がるのを待つ。

やがて、相手が立った。その腰はふらついていた。戦意も伝わってこない。丹治は全身の力を抜いた。

男が顔を上げた。目が合った。丹治は薄く笑った。男が反射的に右腕で顔面を庇《かば》った。

丹治は右足を飛ばした。

風が湧く。男の左の脛《すね》が鈍《にぶ》く鳴った。骨の潰《つぶ》れた音だった。

男が前屈《まえかが》みになった。左肩が下がっていた。

丹治は腰を捻《ひね》った。右の肘《ひじ》で、男の顔面を弾く。男が呻いた。のけ反《ぞ》って、仰向けに倒れた。すぐには立ち上がれない様子だった。

丹治は待った。

少し経つと、男が半身を起こした。丹治は前に進んだ。だが、もう蹴らなかった。これ以上蹴りつづけたら、相手は死ぬことになる。チンピラの命と引き換えに前科者になる気はなかった。

「もう勘弁してくれよ。蹴らないでくれ」

男が訴えた。弱々しい声だった。海老《えび》のように体を折り曲げている。

「おまえ、何をしてたんだ？」

丹治はセブンスターに火を点けた。

返事はなかった。丹治は屈《かが》んだ。男が目顔《めがお》で許しを乞《こ》うた。

黙殺し、顔に煙草の煙を吹きつける。男がむせた。丹治は左腕を伸ばした。男の髪を鷲摑《わしづか》みにする。

顔を上げさせた。すぐに煙草の火を無造作に頬に押しつけた。

丹治は逡巡《しゅんじゅん》しなかった。なまじ情けをかけたりすると、思いがけない反撃を喰うことになる。

火の粉が散った。

男が凄まじい叫びを放った。動物の断末魔の声に似ていた。

煙草の火が消えた。肉の焦《こ》げる臭《にお》いが、あたりに拡散した。

丹治は立ち上がった。

男が転げ回りはじめた。まるで死にかけの獣だった。

丹治は、折れ曲がった煙草を爪で弾き飛ばした。

その直後だった。

かすかな足音がした。丹治は振り返った。

影がたたずんだ。何かが光った。ライターの炎だった。あたりが明るんだ。

丹治は新たな敵《あら》を見た。

逞《たくま》しい体軀《たいく》の男だった。肩と胸が厚い。

上背もあった。百八十センチ近い。三十歳前後だろう。

いかつい顔だった。眉が極端に薄かった。片方の耳が潰《つぶ》れ、カリフラワーのように見えた。

男は荒《すさ》んだ感じだった。しかし、筋者《すじもの》ではなさそうだ。それでいて、他人に威圧感《いあつかん》を与える。

「やっぱり、罠だったか。倒れてる奴が手引き役だったってわけだ」

丹治は身構えた。

大柄な男は無表情だった。

「遅かったじゃないか」

ボマージャケットの男が仲間に恨《うら》めしげに言い、のろのろと起き上がった。

男は無言で顎《あご》をしゃくった。ボマージャケットの若者がよろけながら、階段の降り口に向かった。その後ろ姿を一瞥《いちべつ》し、体格のいい男が舌打ちした。

丹治は改めて男を眺めた。

スキーウェアっぽい服で身を固めていた。ダウンパーカは黄色だった。靴はワークブーツだ。

「あんた、何を嗅《か》ぎ回ってる？」

男が抑揚《よくよう》のない声で訊《き》いた。

「おまえら、粕谷に雇われたのかっ」

「向こう見ずだね。少しは腕に覚えがあるらしいな」

「試《ため》してみるかい？」

丹治は挑発し、レザーブルゾンを脱いだ。

だが、投げつけなかった。相手が刃物を持っていたら、レザーブルゾンで叩き落とすこともできる。

ライターの火が消された。闇が訪れた。

丹治は動かなかった。敵も仕掛けてこない。じきに暗さに目が馴染《なじ》んだ。

男は突っ立っていた。

何も武器は手にしていない。拳《こぶし》も固めようとはしなかった。両腕は、だらりと下がったままだ。

ちょっと見は無防備に映る。それでいながら、一分《いちぶ》の隙《すき》もなかった。

気迫と闘志がありありと伝わってくる。何か格闘技を心得ていることは間違いない。

ボクサーやレスラーではなさそうだ。拳法か、実戦《フルコンタクト》空手の使い手なのか。

丹治は揺さぶりをかけてみる気になった。

挑発すれば、反射的に身構えるはずだ。それで、おのずと敵の技《わざ》がわかる。

丹治は前に踏み出した。

二歩だった。男は静止したきり、微動だにしない。丹治は息を止めて、相手の出方を待った。

息詰まるような対峙《たいじ》だった。

いっこうに乗ってこない。男はとうとう誘いに引っかからなかった。相当、場数《ばかず》を踏んでいるようだ。

丹治は先に焦《じ》れた。

レザーブルゾンを高く投げた。

男が身動《みじろ》いだ。丹治は走った。

一気に間合いを詰めた。軽いジャブを放つと見せかけ、いきなりローキックを見舞う。

しかし、あっさり躱《かわ》されてしまった。

丹治は、わが目を疑った。男は狙われた右脚《あし》を舞うように泳がせ、なんなくローキックをやすやすと払ったのだ。

こうしたブロックを心得ているのは、キックボクサーぐらいだろう。敵は、自分と同じ元格闘家なのか。丹治は気持ちを引き締めた。

男が退《さ》がった。

足音は聞こえなかった。わずかに影が揺れただけだった。

丹治は高く跳躍した。

宙で蹴り足を伸ばす。右脚だった。空気が烈《はげ》しく縺《もつ》れ合った。得意技の〝稲妻ハイキック〟だ。

蹴り足が稲妻のように斜めに走った。

男は立ったままだった。じきに倒れるだろう。

だが、意外な展開になった。蹴りが敵の首筋を捉《とら》える前に、丹治は宙で体のバランスを崩してしまった。

男が張り手を繰《く》り出したせいだ。

あろうことか、必殺技は殺《そ》がれてしまった。しかも、なんなく封じられてしまった。前例がなかった。

丹治は度胆《どぎも》を抜かれた。

頭の芯《しん》が熱くなった。着地するなり、敏捷《びんしょう》に体を回転させた。

空気が躍《おど》った。丹治は思うさま蹴った。回し蹴りはヒットした。男の胴が鈍く鳴った。

丹治は、また回し蹴りを見舞った。

今度はミドルキックだった。男が吹っ飛んだ。毬《まり》のように転がった。

――なんでえ、たいしたことねえな。

丹治は会心《かいしん》の笑みを洩らした。

次の瞬間だった。男が軽《かろ》やかに跳《は》ね起きた。並の相手なら、しばらく起き上がれないはずだ。しかも、息は少しも乱れていなかった。

手強《てごわ》い相手だ。侮《あなど》っていたら、自分がぶちのめされることになるだろう。

丹治は初めて戦慄《せんりつ》を覚えた。

大きく息を吸い、ゆっくりと吐く。いくらか冷静さを取り戻すことができた。

男が腰を大きく落とした。

両腕は前に伸ばしている。フルコンタクト空手の構えは、ボクシングの基本姿勢に近い。どうやら空手使いではなさそうだ。

丹治は、相手の手の先を見た。

拳《こぶし》は固められていなかった。少林寺拳法や各派の中国拳法の構え方とも違う。どちらかといえば、レスリングの構えに似ていた。

張り手を使ったことや敏捷な動きを考えると、サンボの達人なのかもしれない。

サンボは、旧ソ連が生んだ格闘技だ。旧ソ連は百数十の民族で構成されていた。それぞれの民族が伝統的な武術を持っている。

サンボの主体は、グルジア（現ジョージア）のチタオバという関節技《かんせつわざ》だ。それに各民族の優れた技《わざ》が取り入れられ、さらに日本の柔道やモンゴル相撲《ずもう》なども加味されている。

しばらく睨《にら》み合いがつづいた。

どちらもフェイントはかけなかった。

やがて、二人は同時に踏み出した。双方とも逃げなかった。敢然《かんぜん》と前に出た。

男の右腕が動いた。閃光《せんこう》のような疾《はや》さだった。

丹治は呻いた。当て身を喰《く》らっていた。狙われたのは鳩尾《みぞおち》だった。腸《はらわた》が灼《や》けた。

強烈な一撃だった。膝が崩れそうになった。しかし、丹治は懸命に耐えた。吐き気も堪《こら》えた。

丹治は両腕を伸ばした。男の太い首をホールドする。

男が胸を両手で押してきた。

肋骨《ろっこつ》が軋《きし》んだ。息苦しくなった。それでも、丹治は腕の力を緩《ゆる》めなかった。

今度は頭突きを見舞われた。眉間《みけん》が痺《しび》れた。目から火花が散った。

男が足払いをかけてきた。

丹治は躱《かわ》した。左脚に男が右脚を絡《から》めてきた。小内刈りをかける気らしい。

払った。すぐに脛《すね》を蹴られた。一瞬、息が詰まった。

丹治は押した。

押しまくりながら、右の膝蹴りを放つ。タイ語で、ティー・カウ・トロンと呼ばれている蹴り技だ。うまくヒットすれば、相手の内臓は破裂する。

膝頭は浅く埋まっただけで、すぐに跳ね返された。男が、とっさに腹筋に力を入れたからだ。

このままでは形勢は不利になる。

丹治は、いったん離れる気になった。そのとき、急に視線が揺れた。自分の体が宙に浮かんでいた。どうやら両足を払われたようだ。

その自覚はなかった。一瞬、恐怖に取り憑《つ》かれた。

だが、丹治は弱気にはならなかった。床に落ちた瞬間、すぐさま横蹴りを放った。

空を打っただけだった。

男が一歩退《さ》がった。

誘いだろう。それを承知で、丹治は起き上がった。足を飛ばす前に組みつかれた。

男の動きは速かった。あっという間に、丹治は右腕を取られた。

肘《ひじ》に激痛が走った。肘の関節を極《き》められていた。ひとりでに顔が歪《ゆが》む。声も洩れた。

もがけばもがくほど、体の自由が利《き》かなくなった。ほどなく丹治は捻《ひね》り倒された。

抗《あらが》いようがない。

丹治は這《は》いつくばったまま、身動きひとつできなくなった。

屈辱的だった。なんとか反撃したかったが、そのチャンスは訪れなかった。

「犬みたいに嗅ぎ回らないことだな」

男が醒《さ》めた声で言い、馬乗りになった。丹治の肘を押さえたままだった。右腕を押し上げて、関節を外す気になったのか。

丹治は左腕を二度、屈伸《くっしん》させた。

肘打ちは、男の脇腹を掠《かす》めたきりだった。なんのダメージも与えられなかった。

「粘るな、あんた」

男が鼻を鳴らした。

グローブのような手が、丹治の頭にかかった。ボールのように掴まれた。丹治は首を振った。男の手は離れない。

首を持ち上げられた。顎《あご》が浮く。すぐに強く押された。

丹治は顔面を撲《う》った。額が熱くなった。鼻柱がひしゃげた。頬にコンクリートのざらついた感触が伝わってくる。

丹治は三度、床に顔面を叩きつけられた。

額が切れた。頬骨のあたりの皮が擦《す》り剝《む》けた。鼻血も出た。生温かい血は、口の中にも流れ込んだ。不快だった。丹治は、唾液混《だえきま》じりの血を幾度も吐いた。

男が立ち上がった。

ようやく右腕が自由になった。反撃のチャンスだ。丹治は両手で、男の足首を摑もうとした。掬《すく》うつもりだった。

だが、一瞬遅かった。

男の片脚が躍《おど》った。衝撃がきた。側頭部だった。丹治は頭が霞んだ。息も詰まった。

二度目のキックは、耳の下に入った。

急所だった。丹治は気が遠くなった。長く呻いた。

三発目の蹴りは、さらにパワフルだった。

頭蓋骨《ずがいこつ》が高く鳴った。蹴られたのは後頭部だった。

頭の中が白く濁った。

次《つ》いで、短く光が瞬《またた》いた。ほどなく暗転した。

何も見えなくなった。

暗い。闇の世界だった。聴力も弱まった。

軽い脳震盪《のうしんとう》だろう。

丹治は薄らぐ意識の底で、遠ざかる足音が聞いた。

悔しかった。丹治は叫ぼうとした。しかし、声は出なかった。

急に物音が熄《や》んだ。

第二章　身代金の行方

1

惨《みじ》めだった。

胸から敗北感が去らない。

顔全体が腫《は》れ上がっている。痣《あざ》だらけだ。まるで熟《う》れすぎた無花果《いちじく》だった。

――負け犬のままじゃ、終わらねえぞ。この借りは三倍にして返してやる。

丹治は鏡を覗《のぞ》いていた。

自宅マンションの洗面室だ。湯上がりだった。まだ何も着ていない。

午後七時を回っていた。

建築現場で意識を失っていたのは、せいぜい十数分だっただろう。しかし、そのことが屈辱感を増幅させていた。眉《まゆ》の薄い男を叩《たた》きのめすまで、気は晴れそうもない。

丹治は素肌に黒いバスローブを羽織《はお》った。

ベルトを結ぶとき、ロープの裾《すそ》が脛《すね》の打撲傷に触《ふ》れた。少し痛んだ。だが、脚《あし》を引きずるほどの打ち身ではなかった。

洗面室を出て、冷蔵庫に歩み寄る。

寒い季節でも、缶ビールは絶《た》やさなかった。風呂《ふろ》上がりのビールは格別にうまい。

丹治はビールを半分ほど喉《のど》に流し込んだ。

生き返ったような心地がした。口の中は、どこも切れていなかった。額の切り傷も、たいしたことはない。

鼻の疼《うず》きだけが鋭かった。軟骨が潰《つぶ》れてしまったようだ。それでも、パニックには陥《おちい》らなかった。丹治は格闘家時代に、幾度も鼻柱を砕《くだ》かれていた。

放っておいても、別に心配はない。

少し鼻が不恰好《ぶかっこう》になるだけだ。気にしなかった。それよりも、心の傷のほうが深かった。

かつて人気格闘家だった自分が、あっさりぶちのめされてしまった。

気位《きぐらい》も自尊心も、ずたずたに引き裂かれていた。そのことに拘《こだわ》らないわけにはいかなかった。

人間にとって、プライドは厄介《やっかい》な荷物だ。

矜持《きょうじ》さえ棄《す》てれば、のされたことなど気にもならないだろう。

世の中には強い男が数えきれないほどいる。負けたことに拘泥《こうでい》するのは、いかにも子供っぽい。そう弁《わきま》えながらも、丹治は自分と折り合いをつけられなかった。脳裏のどこかに、勝利者の残像がこびりついていた。呪《のろ》わしかった。腹立たしくもあった。

「くそっ」

丹治はビールを飲み干した。

空のアルミ缶を掌《てのひら》で握り潰《つぶ》す。紙のように小さく丸まった。

おそらくサンボの使い手は、古美術商に雇われたのだろう。京都から粕谷が戻ったら、あの大男の塒《ねぐら》を吐かせてやる。

丹治は、潰した缶を屑入《くずい》れに投げ込んだ。

そのとき、インターフォンが鳴った。丹治はリビングの壁まで歩き、受話器を外した。

「わたしよ」

未樹だった。

「なんだよ、他人行儀に」

「預かってる合鍵《あいかぎ》、別のセカンドバッグに入れたままなの」

「そうか。ちょっと待っててくれ」

丹治は玄関に急いだ。

ドア・ロックを解《と》く。颪とともに、未樹が玄関に入ってきた。

山葵色《わさびいろ》のざっくりとしたセーターの上に、ムートンの茶色いハーフコートを羽織《はお》っていた。下は、オフホワイトのチノクロスパンツだった。

今朝《けさ》と同じ服装だ。仕事を片づけ、まっすぐ訪ねてきたらしい。

「どうしたの、その顔⁉」

未樹が靴を脱ぎながら、驚きの声をあげた。

「階段から転げ落ちたんだ。おれも運動神経が鈍くなったもんだよ」

丹治は言い繕《つくろ》った。事実は話せなかった。男の見栄《みえ》だった。

「そんな嘘《うそ》、通用しないわ。いったい誰と喧嘩《けんか》したの？」

「きょうも、いい女だな」

「ごまかさないのっ」

未樹が笑顔で、窘《たしな》めた。

「酔っ払いとちょっとな」

「ほんとに？」

「ああ。相手が初老のおっさんだったんで、やり返さなかったんだよ」

「そうなの。いい子、いい子」

「やめてくれ。それより、おまえさんのほうの仕事は？」

「無事に完了よ。釣船から海に落ちたお爺《じい》さんの遺体を収容したんだけど、とっても穏《おだ》やかな死顔だったわ」

「海が好きな爺さんだったんだろう」

「そうなのかもね。拳《けん》さん、食事は？」

「まだ喰《く》ってない」

「なら、一緒に食べよう。商店街のお弁当屋さんで、ミックスフライ弁当を二つ買ってきたの」

「悪いな」

丹治は先にＬＤＫに戻った。

未樹がハーフコートを脱ぎ、調理台の前に立った。きゅっと高くすぼまったヒップがセクシーだった。

「お吸物をつくるわ。和布《わかめ》か春雨《はるさめ》があるといいんだけどな」

「未樹、奥に行こう」

「なに言ってるの。今朝、わたしのベッドでレ、ス、リ、ン、グをしたばかりでしょ」

「いいから、いいから」

丹治は未樹の肩を両腕で包んだ。

未樹が首を捩《ねじ》った。呆《あき》れ顔だった。だが、拒絶はしなかった。

丹治は、切羽詰《せっぱ》まった欲情に衝《つ》き動かされたわけではなかった。情事に熱中することで、一時《いっとき》でも胸の惨《みじ》めさを忘れたかったのである。身勝手であることはわかっていた。しかし、いま未樹と差し向かいで弁当を食べる気にはなれなかった。

二人は寝室に入った。

立ったまま、唇を貪《むさぼ》り合った。ベッドのそばだった。顔を離すと、丹治は未樹の衣服を脱がせはじめた。ブラジャーからパンティーも取り除《のぞ》いた。

未樹が肩をすぼめ、両腕で胸を抱えた。豊満な隆起が一段と盛り上がった。

「寒いのか？」

「ちょっとね」

「ヒーターを強くしよう」

丹治はガス温風ヒーターに歩み寄った。

ヒーターの設定温度を二十七度に上げ、バスローブを脱ぎ捨てた。分身は、まだ半分しか頭をもたげていない。

二人はベッドに倒れ込んだ。

ベッドマットが弾んだ。ナイトスタンドだけが灯《とも》り、室内はほどよい明るさだった。

丹治は斜めに体を重ねた。未樹の乳房が弾んで形を崩す。肉の感触が心地よい。

ささくれた神経が少しずつほぐれていく。未樹の滑《なめ》らかな柔肌は、手に優しかった。女体は、いつも男の心を安らがせてくれる。

二人はふたたび唇を合わせた。

ひとしきり、ついばみ合う。丹治は唇を吸いながら、未樹の体の線をなぞった。頃《ころ》合《あい》を計《はか》って、項《うなじ》に唇を移す。

未樹が小さく喘《あえ》いだ。細い腕を丹治の首に回してきた。丹治は、鎖骨《さこつ》のくぼみを舌の先でくすぐった。未樹が呻《うめ》いて、丹治の耳朶《みみたぶ》に吸いついた。

丹治は乳房に手を伸ばした。揉《も》みたてかけると、未樹が耳許《みみもと》で囁《ささや》いた。

「ねえ、ブラインド・セックスをしてみない？」

「なんだい、それは？」

丹治は幾分、顔を上げた。

「お互いに目隠しをして、愛し合うのよ。視覚が失われると、聴覚と皮膚感覚がすごく鋭敏《えいびん》になるんだって」

「女にゃ、効果がありそうだな。しかし、男は視覚で欲望を煽《あお》られるわけだから、おれは……」

「気乗りしない？」

「まあね。興味があるんだったら、未樹だけ目隠しをしろよ。別に、おれはかまわないが」

「それじゃ、やってみようかな」

未樹が目を輝かせた。もともと好奇心は旺盛《おうせい》なほうだった。

丹治は少し体を浮かせた。未樹が身を捩《よじ》って、床に片腕を伸ばした。

抓《つま》み上げたのは、自分の柄のスカーフだった。紺地に、モスグリーンと金茶の模様があしらわれている。正絹だった。

「なんか恥ずかしいわ」

「そこまでやって、なにも照れることはないだろうが。おれが目隠ししてやろう」

丹治は未樹を抱え起こした。折り畳《たた》んだスカーフで、未樹の目許を覆い隠す。

「おかしな気分だわ」

「たまには、こういう演出も必要かもしれない。いつもありきたりのセックスじゃ、どうしても飽《あ》きがくるからな」

「わたし、別にノーマルな行為に飽きたってわけじゃないのよ。ただ、ちょっと体験してみたいだけ」

未樹が言い訳して、仰向《あおむ》けに横たわった。砲弾型の乳房が揺れた。

「別の男に抱かれてると想像したら、ぐっと興奮度が高まるかもしれないぜ」

「そんなことしないわよ。でも、拳《けん》さんの目がどこに注がれてるのかなんて想像すると、ちょっと刺激的ね。いま、どこを見てるの？」

「ここだよ」

丹治は、未樹の恥丘に手を当てた。

未樹が嬌声《きょうせい》を零《こぼ》した。丹治は、逆三角形に繁《しげ》った飾り毛を五本の指で梳《す》いた。和毛《にこげ》は絹糸のような手触《てざわ》りだった。光沢もあった。まるでオイルをまぶしたようだ。

秘めやかな部分を愛撫《あいぶ》しながら、乳首を口に含む。

硬く痼《しこ》っていた。胸の蕾《つぼみ》を吸いつけ、舌の先で転がした。

未樹が切れぎれに喘ぎ、丹治の頭を掻き抱いた。髪をまさぐり、首筋に指を滑らせた。いとおしげな手つきだった。

丹治は右手の指を下に進めた。

愛らしい突起は尖《とが》っていた。弾みが強かった。

二枚の花弁は、小舟の形に綻《ほころ》んでいた。膨《ふく》らみ、火照《ほて》っている。赤みも増していた。

丹治は昂《たか》まった。

こころもち腰を浮かせ、未樹の手を猛《たけ》った分身に導《みちび》く。すぐに丹治は握られた。

未樹の手がリズムを刻みはじめた。時々、敏感な箇所に指が這《は》った。撫《な》で回され、揉《も》み立てられた。

一段とペニスが雄々《おお》しくなった。丹治も花びらを大きく捌《さば》いた。

未樹の息が弾んだ。喉の奥で甘く呻いた。

丹治は浅く指を潜《くぐ》らせた。二本の指は、たちまち熱い潤《うる》みに塗れた。濡《ぬ》れた指で花弁を抓《つま》み、ゆっくりと擦《こす》り合わせる。蜜液《みつえき》が多くなった。

指で掬《すく》い取って、はざま全体に塗り拡《ひろ》げる。芽《め》の部分には、たっぷり塗りつけた。

未樹が断続的に呻いた。Ｇスポットを刺激する。

「どんな感じなんだ？」

丹治は問いかけた。

「確かに神経が研《と》ぎ澄まされるわね。拳さんの息遣いがとってもセクシーよ。筋肉の動きや脛毛《すねげ》の触れる感じも、はっきりわかるわ」

「いつもより大胆になれそうか？」

「ええ、多分ね」

「そいつは楽しみだ」

丹治は指を引き抜き、未樹の股《また》の間に入った。

未樹が自《みずか》ら膝《ひざ》を立てた。丹治は腹這《はらば》いになった。大きく脚《あし》を開かせる。未樹が鼻にかかった声をあげた。

丹治はクレバス全体に息を吹きかけた。

未樹が尻《しり》を左右に振った。洩《も》らした声は甘やかだった。

丹治は顔を埋めた。

飾り毛に頬擦《ほおず》りしてから、花弁を舌で押し拡《ひろ》げる。幾重《いくえ》にも折り重なった襞《ひだ》から、透明な雫《しずく》が滴《したた》った。それは葉を滑る朝露《あさつゆ》のように、会陰部《えいんぶ》を伝っていった。

鴇色《ときいろ》の襞は、ひっそりと息づいていた。じきに新たな潤《うる》みが溜《た》まった。

丹治は舌を筆にして、亀裂《きれつ》を上下に掃《は》いた。

肉厚《にくあつ》の花びらを吸い上げ、舌で縁《ふち》の部分を削《そ》ぐように舐《な》めた。そのつど、未樹は甘美に呻いた。腰もうねらせた。

丹治は、わざと感じやすい突起には舌を当てなかった。焦《じ》らすことも、テクニックのうちだ。

「お願い、もう焦らさないで」

未樹がもどかしげに哀願した。

丹治は、白桃のような尻を抱え込んだ。

赤い芽を包皮ごと啜《すす》り、そのまま吸い上げた。震わせ、弾《はじ》き、転がす。突つき、こそぐり、薙《な》ぎ倒した。掻き起こし、軽く歯も当てた。

未樹は苦おしげに裸身をくねらせ、やがて悦《よろこ》びの声を高く響かせた。

髪を打ち振りながら、四肢《しし》を縮めた。むっちりとした内腿《うちもも》が鋭く震え、下腹に漣《さざなみ》が拡《ひろ》がった。煽情《せんじょう》的な眺めだった。

呻き声は長く尾を曳《ひ》いた。顎《あご》は完全にのけ反《ぞ》っている。白い喉がなまめかしい。

丹治は荒々しい欲情に駆られた。

未樹の体を二つに折った。左右の踵《かかと》が跳ね上がった。秘部が露《あらわ》になった。

赤い輝きを放っている。潤《うる》みも夥《おびただ》しかった。

陰裂《あお》を縁取《ふちど》る飾り毛は濡れて、地肌にへばりついていた。なんとも淫蕩《いんとう》だった。

煽《あお》りに煽られた。昂《たか》まったものが痛いくらいに膨れ上がった。

丹治はアクロバティックな体位で交わりたくなった。未樹の上に逆《さか》さまに跨《また》がった。

熱く猛《たけ》ったペニスを押し入れる。

未樹が不自然な恰好のまま、腰をくねらせはじめた。口からは、啜り泣くような声を洩らした。

——ちょっとアブノーマルなセックスに、官能を刺激されたようだな。

丹治は中腰で抽送《ちゅうそう》しつづけた。

絶《た》え間《ま》なく下から、湿った摩擦音《まさつおん》が立ち昇ってくる。その上、結合部分は丸見えだった。興奮度が一層、高まった。

丹治はダイナミックに動いた。

突き、捻《ひね》り、また突いた。未樹の裸身はクッションのように弾《はず》んだ。二つの踵《かかと》が交互に丹治の背中を打った。

昂《たか》まった。何かが背筋を駆け抜けた。甘やかな痺《しび》れを伴った快感が、首筋から脳天まで噴《ふ》き上げた。

丹治は放った。

射精感は鋭かった。分身が何度か嘶《いなな》いた。思わず声が出た。唸《うな》りは長かった。

数秒遅れて、未樹も二度目のエクスタシーを極《きわ》めた。

その瞬間、憚《はばか》りのない声を響かせた。末樹は高く低く唸りつづけた。体の震えは大きかった。

丹治は心良い圧迫感を覚えた。

蠢《うごめ》く襞が昂まりに吸いついて離れない。内奥《ないおう》に脈打っていた。快感のビートだ。緊縮感も伝わってきた。

未樹の体は貪婪《どんらん》だった。最後の一滴まで搾《しぼ》り尽《つ》くした。

丹治は心ゆくまで余韻を味わってから、結合を解《と》いた。先に未樹の体をティッシュペーパーで拭《ぬぐ》ってやり、自分の後始末もした。

「凄《すご》いラーゲだったわね。拳さんがこんな変態だとは知らなかったわ」

未樹が目隠しを外し、甘く睨《にら》んだ。目は笑っていた。

「おれも、なんか煽《あお》られちゃってな」

丹治は仰向けになった。火照《ほて》った体に、ひんやりとしたシーツが快い。

未樹が羽毛蒲団《うもうぶとん》を引っ張り上げ、二人の体を覆《おお》った。

そのすぐ後だった。

ナイトテーブルの上で、携帯電話が鳴った。丹治は素早く携帯電話を掴《つか》み上げた。

「三村です」

沙霧の声だった。

「きのうはどうも。予定通りにきょうから動きはじめたんだが、いまのところ何も収穫がないんだよ」

「父は誘拐されたようです。たったいま、犯人から電話がかかってきたんです」

「やっぱり、誘拐だったか。犯人は男だね？」

丹治は確かめた。

「ええ。でも、年齢は見当がつきませんでした。何か口の中に詰めているらしくて、声がとっても不明瞭《ふめいりょう》だったんです」

「ボイス・チェンジャーでも使ったんだろう。で、犯人の要求は？」

「明日の夕方までに、古い一万円札で三億円用意しろと……」

「受け渡しの方法は？」

「それは明日、こちらに指示するそうです」

「犯人が三村氏を押さえてることは間違いないんだろうか」

「ええ、それは確かです。犯人は途中で、父を電話口に出したんです」

沙霧の語尾が湿っぽくなった。父親のことが心配でたまらないのだろう。

「親父《おやじ》さんの様子は、どうだった？」

「すっかり怯《おび》えてるようでした。それでも、しっかりした声で犯人に言われた通りにしてほしいと言いました」

「そう。身代金の用意はできそうなのかな？」

「たった一日しかありませんから、三億円の現金を集めるのは難しいかもしれませんね。でも、いま継母《はは》が別の電話で取引銀行の役員の方たちに定期預金の解約のお願いをしてるんです」

「大変だな。それはそうと、犯人の声に聞き覚えは？」

丹治は訊《き》いた。

「声がよく聴き取れなかったんで、断定はできませんけど、わたしには聞き覚えがない声でした」

「犯人と喋《しゃべ》ったのは、きみだけかい？」

「ええ、そうです。継母《はは》に替わろうとしたら、電話を切られてしまったんです」

「犯人は身代金のことだけしか言わなかった？」

「お金以外のことは、脅しの言葉だけでした。もし警察に届けたら、父の命は保証しないと二度言いました」

「そうか。犯人は名乗ったの？」

「〝荒鷲《あらわし》〟という名で連絡すると言ったきりで、姓名は言いませんでした」

「警察には連絡してないいんだね？」

「ええ。犯人の言う通りにしないと、父が殺されてしまうかもしれないでしょう？」

「そうだね。警察の協力を仰《あお》ぐのは、もう少し待ったほうがいいな」

「そうします。丹治さん、明日の朝、こちらに来ていただけますか。継母《はは》とわたしだけじゃ、なんだか心細くて……」

沙霧が涙声になった。

「なるべく早く伺おう。大丈夫だよ。身代金を渡せば、犯人は親父さんをすんなり解放してくれるだろう」

丹治は先に電話を切った。未樹はベッドの上に坐《すわ》り込んでいた。女坐りだった。

「依頼人からの電話だったみたいね？」

「そうなんだ」

丹治は経緯《いきさつ》を話しはじめた。

2

空気が重苦しかった。

誰も口を開こうとしない。三村邸の応接間だ。

丹治はソファに深く腰かけ、セブンスターを喫《す》っていた。

二十数本目だった。卓上の灰皿から、吸殻があふれかけている。

午後二時過ぎだった。依然として、犯人からの連絡はない。ここに駆けつけたのは、午前九時過ぎだった。

それから、丹治はずっと坐りつづけていた。少々、腰が痛い。

依頼人の母娘《おやこ》は気持ちに余裕がなかったのか、丹治の顔の痣《あざ》を見ても何も問いかけてこなかった。

さきほどから沙霧はテラス側のサッシ戸の前に立ち、広い庭に目をやっていた。

三村の後妻は、サイドテーブルのそばに坐り込んでいる。

正坐だった。ワインカラーのワンピースを着ていた。素材はベルベットだった。弥生はペルシャ絨毯《じゅうたん》のけばを毟《むし》りながら、電話が鳴るのを待っていた。

身代金のうちの二億円は、すでに複数の銀行から邸内に運び込まれていた。残りの一億円を社長秘書の唐木が掻き集めているはずだ。

夕方まで、まだ時間がある。多分、三億円は調達できるだろう。

煙草が短くなった。

丹治はセブンスターの火を揉み消した。舌の先が少々、ざらついていた。煙草の喫いすぎだろう。

脚《あし》を組んだとき、重厚なドアがノックされた。

「どうぞ」

弥生がおもむろに立ち上がった。

ドアが控え目に開けられた。お手伝いの老女だった。

総白髪を短く刈り込んでいる。梅原千代《うめはらちよ》という名だった。七十四、五歳だろう。

「奥さま、旦那《だんな》さまの書斎をちょっと見ていただけないでしょうか?」

千代が嗄《しわが》れた声で言った。

「書斎を？　千代さん、何があったの？」

「誰かが無断で旦那さまの書斎に入ったようなんです」

「ええっ」

「お部屋を掃除しようとしましたら、フロアスタンドの笠が少し曲がってたんですよ。

それで不審に思ったら、書棚の両開きの扉の閉《し》め方が甘かったんです。きっと誰かが……」

「どちらの書棚なの？」

弥生が訊いた。緊張した顔つきだった。

「奥の方です」

「あら、浮世絵をしまってある部屋だわ。いま、わたしが書斎を点検してみます」

「よろしくお願いします」

千代が丁寧《ていねい》に腰を折って、静かにドアを閉《と》ざした。

弥生がドアに足を向けた。丹治は弥生を呼びとめた。

「書斎にあるという浮世絵は、『風雅堂』から求めたものですか？」

「ええ、そうです。丹治さんには、浮世絵のことはお話ししなかったと思いますけど」

弥生が訝《いぶか》った。

丹治は陶芸家の門脇《かどわき》に会ったことを明かした。すぐに弥生は納得した。三村が粕谷と係争中であることは事実だった。また、失踪《しっそう》人が前々から円山応挙の山水画を手に入れたがっていたことも間違いはなかった。

「わたしも一緒に書斎を覗かせてもらえないだろうか」

「なぜ、あなたが？」

「書斎に誰かが侵入したとしたら、誘拐事件と無関係と思えないんですよ」

「そういうことでしたら、どうぞご一緒に。書斎にご案内します」

弥生が先に部屋を出た。

丹治はソファから立ち上がって、弥生の後に従った。

広い玄関ホールの一隅に、階段があった。

手摺《てすり》には、ギリシャ風の浮かし彫り《レリーフ》が施《ほどこ》されていた。ステップはカーペット敷きだった。

丹治たちは二階に上がった。

長い廊下に面して、部屋が連《つら》なっている。六室だった。いずれも洋室のようだ。

三村の書斎は、南側の端にあった。

十二畳ほどのスペースだった。出窓寄りに、マホガニーの両袖机《りょうそでづくえ》が置かれている。

左手の壁際《かべぎわ》には、二つの大きな書棚が並んでいた。どちらもガラス扉《とびら》付きで、チークで造られていた。高価そうだった。

反対側の壁際には、最新型のＯＡ機器が据《す》え置かれている。

その近くに、黒革のオットマンがあった。両脚を投げ出して、ゆったりと寛《くつろ》げる安楽椅子《いす》だ。

外国製だった。格子柄の膝掛けも国産品ではなさそうだ。スコットランド製かもしれない。

弥生が奥の書棚の前でひざまずいた。

丹治は、机の脇《わき》にあるフロアスタンドに目を向けた。

千代が言ったように、煉瓦色《れんがいろ》の笠が大きく傾いていた。何者かがシェードに体を触《ふ》れたことに気づかないまま、部屋を出ていったのだろう。

かすかな残り香が寄せてきた。

丹治は小鼻をひくつかせた。室内には、整髪料の匂《にお》いがうっすらと籠《こも》っていた。柑橘《かんきつ》系の香りだった。男性用か、それとも女性用なのか。そこまでは判別できなかった。

「浮世絵がそっくりなくなってるわ」

弥生が驚きの声を洩らし、すっくと立ち上がった。

「粕谷の仕業《しわざ》かもしれない」

丹治は呟《つぶや》いた。

「あの七点は贋作《がんさく》と鑑定されたんです。なんの価値もないのに、なぜ盗んだりしたんでしょう？」

「粕谷は裁判に勝ち目がないと判断して、証拠物件の七点の贋作浮世絵を回収する気になったんじゃないだろうか。もちろん本人がここに忍び込んだんじゃなく、誰かに盗ませたんでしょう」

「そうなんでしょうか」

弥生が考える顔つきになった。

「その可能性はあると思います。問題の浮世絵がなくなってしまえば、粕谷がご主人に贋作を摑ませたという証拠はなくなるわけですからね」

「ええ、でも……」

「なんです？」

丹治は先を促《うなが》した。

「あなたの推測が正しかったとしても、粕谷さんが誰かに盗ませたという証拠はないわけでしょ？」

「いまのところはね。しかし、必ず尻尾《しっぽ》を摑んでやります」

「そんなことまで丹治さんにお願いするのは、いくら何んでも気がひけるわ」

弥生が切れ長の目で見上げてきた。ぞくりとするほど婀娜《あだ》っぽかった。

「そういう遠慮は必要ありません。粕谷が、今回の誘拐に関《かか》わってるとも考えられなくはないですからね」

「えっ。それは少し考え過ぎなんじゃありません？」

「実はきのうの夕方、粕谷の店を訪ねた帰りに妙な男に襲われたんですよ」

丹治は昨夕の出来事をかいつまんで話した。徹底的にぶちのめされたことまでは喋らなかった。

「そんな危険な思いをされたんでしたら、なおさら調査を続行してもらうわけにはいきません」

「どうかご心配なく。それはそうと、ご主人の書斎に自由に出入りできる使用人は千代さんだけなんですか？」

「千代さんをお疑いになってるの⁉　千代さんは誰かに買収されるような方じゃありません」

弥生の表情が硬くなった。

「別に千代さんを疑ってるわけじゃないんです。一応、確認しておきたかっただけです」

「そうだったんですの。早とちりしてしまって、恥ずかしいわ」

「千代さんは長くこの家に？」

「沙霧ちゃんが、いいえ、娘が四つのときから住み込みで働いてくれてるんです。ですから、もう二十年になりますね」

「ずっと独身だったんですか？」

丹治は訊いた。

「三十代の後半にご主人と死別してからは、ずっとお独《ひと》りです」

「お子さんは？」

「いらっしゃらないはずです。もちろん、粕谷さんとはなんのつながりもありません」

「千代さんのほかに、ご主人の書斎に入れる方は？」

「家族以外には、誰もいません」

弥生が答えた。

「それじゃ、この家によく出入りしてる使用人の方は？」

「事件が起こるまでは、運転手の徳山一憲《とくやまかずのり》という者が三村の送り迎えを毎日やってくれてました」

丹治は質問を重ねた。

「徳山さんのことをもう少しうかがっておこうかな、参考までに。お幾つなんです？」

「三十九歳だったと思います。一度、結婚したことがあるようですけど、いまは独身です」

「住まいは？」

「東急東横線《とうきゅうとうよこ》の多摩川駅近くにあるアパートを借りてるんです。アパートの名は、緑風荘《りょくふうそう》です」

「徳山さん、きょうはどちらにいらっしゃるんです？」

「多分、アパートにいると思います。三村が失踪してから、徳山さんには有給休暇を取ってもらってるんです」

「そうですか。徳山さんは、この部屋に浮世絵があったことを知ってたんだろうか」

「それは知ってたはずです。いつか夫が徳山さんを書斎に招いて、例の七点の浮世絵を見せたことがありますので」

弥生が言った。

「徳山さんは粕谷と面識があるのかな？」

「ええ、あります。三村を何度か『風雅堂』に車で送ってますし、粕谷さんをこの家から駒場《こまば》まで乗せたこともあるんです」

「徳山さんの勤務ぶりは、どうなんです？」

「真面目によく働いてくれてます。それに、万事に控え目なんですの。夫は、いつも徳山さんのことをほめてました」

「金遣《かねづか》いは？」

「堅実派ですから、そう浪費してるとは思えません。ただ、お酒は嫌いじゃないようですけどね」

「徳山さんのほかに、ここによく来る方は？」

丹治は問いかけた。

「秘書の唐木さんが、ちょくちょく見えます。でも、彼は書斎には入ったことはないはずです」

「そうですか」

「丹治さん、もう階下《した》に戻りません？　犯人から何か連絡があるような気がして、なにか落ち着かないんです」

弥生が言った。いかにも気もそぞろといった表情だった。

二人は応接間に戻った。

そこには、秘書の唐木がいた。グリーングレイのスーツ姿だった。

視線が合うと、唐木は小さな目配せをした。

三村社長と浦上かすみのことで、釘《くぎ》をさしたのだろう。丹治はうなずき返した。

応接セットの脇には、ジュラルミンのトランクが置いてあった。中身は唐木が掻き集めた一億円にちがいない。

「唐木さん、お願いしたものは調達できたの？」

弥生が夫の秘書に声をかけた。

「ええ。新札なら、こんなに時間はかからなかったんですが……」

「とにかく、間に合ってよかったわ。ご苦労さまでした」

「いいえ。まだ犯人から連絡がないそうですね？」

「そうなの。唐木さん、お昼ご飯はまだなんでしょ？」

「はい。食べる時間がなかったんです」

「食堂に、あなたの昼食も用意してあるの。といっても、出前の握り寿司なんだけど。遠慮なく召し上がって」

「はい、いただきます」

唐木が弥生に伴われ、隣のダイニングルームに消えた。

丹治はソファに腰かけ、冷たくなったコーヒーをひと口だけ飲んだ。

昼食には、極上《ごくじょう》の寿司をもてなされた。一人前四千円はしただろう。寿司種《だね》は、どれも新鮮だった。

カップを受け皿に戻す。

そのとき、沙霧が正面のソファに坐った。淡いクリーム色のスーツをまとっていた。何やら思い詰めた様子だった。

顔色がすぐれない。目の周《まわ》りが黒ずんでいた。昨夜は一睡もしていないのだろう。痛々しかった。

数分後だった。ドアが小さくノックされた。

姿を見せたのは、千代だった。

その背後に、ずんぐりとした中年男が立っていた。流行遅れの替え上着に、折り目の消えたスラックスを穿《は》いている。伏し目がちだった。

「あら、徳山さん」

沙霧が声をあげた。

千代が横に移動し、徳山の背を押した。徳山が、おずおずと言った。

「あのう、ちょっとお話があるんです」

「何かしら？　どうぞ入って」

沙霧が立ち上がって、手でソファセットを示した。

徳山が入室した。どこかおどおどしていた。

沙霧が椅子を勧《すす》めたが、お抱え運転手は坐ろうとしなかった。ドアの近くにたたずみ、両手を前で重ねた。

「話って、なんなのかしら？」

沙霧が小首を傾《かし》げた。

「社長は、まだお戻りにならないようですね？」

「そうなの。なんだか悪い予感がして……」

「お嬢さん、社長はご無事ですよ」

徳山が自信ありげに告げた。かすかに訛《なまり》があった。広島《ひろしま》か、岡山《おかやま》あたりで育ったらしい。

丹治はセブンスターに火を点《つ》け、二人の遣《や》り取りに耳を傾けた。

「どうして、そう言いきれるの？」

「わたし、昼前に易者《えきしゃ》んとこに行ってきたんですよ。よく当たることで知られた先生なんです。占いの本も書いてるし、テレビにも出演したことがあるんです」

「そうなの」

沙霧の声が沈んだ。落胆の色が濃かった。

「占いの先生の話によると、社長は少しやつれてるけど、元気は元気らしいんですよ。それで、数日中には家に戻れるだろうって」

「わざわざ徳山さんは、そのことを言いに来てくれたの？」

「そうです。わたし、社長にはすごくよくしてもらってるから、じっとしてられなくてね」

「ありがとう。嬉《うれ》しいわ。とにかく、坐ってちょうだい。いま、コーヒーを淹《い》れるわ」

沙霧は徳山の腕を摑んで、強引に椅子に坐らせた。ついいましがたまで、自分が腰かけていたソファだった。

徳山が恐縮しながら、坐り直した。

そのとき、整髪料の匂いが漂った。柑橘《かんきつ》系の香りだった。

丹治は、徳山の頭を見た。オールバックに撫でつけられた髪は艶《つや》やかに光っている。

匂いは、そこから発していた。

「こちらは丹治さんとおっしゃるの。父のことを調べてくれてる方よ。といっても、刑事さんじゃないんだけどね」

沙霧が徳山に言って、食堂に足を向けた。

二人は名乗り合った。

少し間《ま》を取ってから、丹治は口を開いた。

「三村氏が姿をくらました日のことですが、徳山さんはどうされてました？」

「あの日は午後五時ごろ、アパートに戻りました。社長がご自分で車を運転して、ロータリークラブの会合に行かれるとおっしゃったもんだから」

「参考までに、帰宅されてからのことも少し教えてもらえませんかね？」

「六時半ごろに近くの銭湯に行って、その帰りに行きつけの居酒屋に寄りました。アパートに戻ったのは、九時過ぎでした」

「そうですか」

「こういうのって、アリバイ調べっていうんですよね？　おれ、いえ、わたし、疑われてるんですか⁉」

「そういうわけじゃないんですよ。一応、念のために訊いてみただけです」

「なら、いいけど。風呂屋は『藤乃湯《ふじのゆ》』で、飲み屋は『ひさご』って店です。どっちも多摩川駅のそばにあるから、なんなら調べてください」

徳山が挑《いど》むように言った。どうやら機嫌を損ねてしまったらしい。

丹治は訊き方に配慮が足りなかったことを謝罪し、喫《す》いさしの煙草の火を消した。

整髪料は特殊な物ではなかった。どこでも売られている商品だった。書斎の残り香と同一の整髪料を使っているという理由だけで、徳山を怪しむのは確かに早計だ。

ただ、徳山はまるで用意していたように立ち寄り先をすらすらと口にした。そのことが、かえって不自然に感じられた。

二人は気まずく黙り込んだ。

少しすると、沙霧が応接間に戻ってきた。

銀盆には、二つのコーヒーカップが載《の》っていた。茶碗《ちゃわん》はロイヤルコペンハーゲンだった。片方は丹治の分らしかった。

沙霧は、運んできたカップを徳山と丹治の前に置いた。

彼女自身は、朝から何も口にしていなかった。継母《けいぼ》が昼食を勧めても、沙霧は黙って首を振っただけだった。

徳山はコーヒーに少し口をつけたきりで、そそくさと帰っていった。

沙霧は怪訝《けげん》そうな顔をしたが、別に何も言わなかった。いつしか二時五十分を過ぎていた。

食堂から弥生と唐木が戻ってきた。

唐木は丹治の横に腰かけた。弥生は電話機のそばに正坐した。ほとんど同時に、軽やかな着信音が響きはじめた。部屋の空気がにわかに張りつめた。

弥生が受話器に飛びついた。

すぐに表情から強張《こわば》りが消えた。犯人からの連絡ではないようだ。

「宝石の展示即売会の案内だったわ」

弥生が通話を打ち切り、誰にともなく言った。沙霧と唐木が相前後して、長嘆息《ちょうたんそく》した。

静寂が室内を支配した。

息苦しくなるような沈黙がつづいた。

咳払《せきばら》いをすることさえ、何かためらわれた。暖炉《だんろ》の上の置時計の針音だけが高い。

三時半になった。

電話はかかってこない。待つ時間は、ひどく長く感じられた。不安と苛立《いらだ》ちが、いたずらに募《つの》った。

速達の小包が届けられたのは午後四時十分ごろだった。

それを受け取ったのは、お手伝いの千代だ。小包を弥生に手渡すと、すぐに千代は下がった。

小包の差出人名は東京太郎《あずまきょうたろう》となっていた。

弥生がコーヒーテーブルの上で、小包を開けた。指先が小さく震えていた。

中身は数葉の写真とマイクロカセットテープだった。

写《うつ》真はインスタントカメラで撮《と》られたものだ。布テープで目隠しをされた三村将史が写されていた。

両手を縛《しば》られている。無精髭《ぶしょうひげ》が目立つが、怪我をしている様子はない。背景はコンクリートの壁だった。

そのほかは何も写っていなかった。構図は、どの写真も似かよっていた。

「こんなひどいことをされて……」

弥生が腹立たしそうに呟き、マイクロカセットテープを抓《つま》み上げた。

一巻だけだった。留守録音などに使われているテープだ。マッチ箱ほどの大きさだった。

弥生が電話機からテープを抜き取り、送られてきたテープをセットした。

すぐに再生ボタンが押された。かすかな雑音《ノイズ》がし、男のくぐもり声が響いてきた。

『荒鷲だ。三村将史と引き換えに、用意したものを受け取りたい。

三億円は三つのケースに分けろ。一億ずつだ。

金は、娘の沙霧に運んでもらう。身代金は車に積め。それを五時までに済ませろ。後で、携帯かスマホのナンバーを問い合わせる。行き先は電話で指示する。もし捜査員の影があったら、ただちに人質は殺す。以上だ』

音声が途絶《とだ》えた。

弥生がテープを停止させた。

「犯人は警察に逆探知されることを警戒して、こんな方法を選んだんだろう。録音テープを送りつけても、民間人が声紋鑑定をすることは難しいからね」

丹治は口を開いた。

弥生たち三人が、ほぼ同時にうなずいた。どの顔も血の気《け》がなかった。

丹治は弥生に顔を向けた。

「ボルボを使いましょう。赤いＢＭＷは逃げるときに目立ちすぎますんで」

「逃げる？　それは、どういうことなんですの？」

「できれば三村氏を取り返し、身代金は渡したくないんですよ。わたしがボルボのトランクルームに隠れましょう」

「危険です。夫が無事に帰れるなら、お金は少しも惜《お》しくありません」

弥生が言った。

「何もご主人を苦しめた奴に、大金をくれてやることはありませんよ」

「でも……」

「運転席の沙霧さんと超小型無線機で交信しながら、犯人を取っ捕《つか》まえるチャンスを待つつもりです」

「超小型無線機というのは？」

「用意してきました。これです」

丹治は焦茶《こげちゃ》のスエードジャケットの内ポケットから、ドイツ製の特殊無線機を取り出した。二組だった。

発信装置の外見は、ダイバーズウォッチと酷似している。素人《しろうと》が見ても、無線機とは見抜けない。レシーバーは耳栓《みみせん》型だ。

「まるでＣＩＡの工作員みたいですね」

唐木が驚きの声をあげた。揶揄《やゆ》の響きはなかった。

「どう使うんですか？」

沙霧が問いかけてきた。

「きみとこっちがそれぞれ一組ずつ装着する。トランシーバーと同じように相手をコールするときは、トークボタンを押すんだ。竜頭《りゅうず》がトークボタンになってる」

「レシーバーは耳に嵌《は》めっぱなしにしておくんですね？」

「そう。ちょっとテストしてみよう」

丹治は、腕時計型発信装置と耳栓型のイヤフォンを沙霧に渡した。自分も装着する。

沙霧は呑《の》み込みが早かった。いっぺんで使い方をマスターした。

「丹治さん、決して無理はなさらないでくださいね。人名は何より尊いんですから」

弥生が言った。

「わかってます。無茶なことはやりませんよ。危《ヤバ》いと思ったら、身代金は諦《あきら》めます」

丹治は約束した。

弥生が微笑し、唐木に声をかけた。

「悪いけど、そろそろ身代金をボルボに積み込んでいただける？」

「はい。先に届けられた二億円は、どこにあるんですか？」

「食堂に置いてあるの。先にあなたが調達してくれた分を運んでもらえる？」

「わかりました」

唐木が立ち上がり、ジュラルミンケースに歩み寄った。

両手で持ち上げた。重そうだった。一億円となると、札束の重量だけで約十キロもある。それに、ケース自体の重さが加わるだけだ。

唐木が応接間を出た。

その数十秒後、固定電話が鳴った。弥生が素早く受話器を耳に当てた。

次の瞬間、体が硬くなった。犯人からの電話だろう。

丹治は弥生を見守った。

弥生がスマートフォンのナンバーを二度繰《く》り返してから、悲痛な声で叫んだ。

「夫の声を聴かせてください！　それが無理なら、せめて両手を自由にしてあげて」

「………」

電話は切られてしまったらしい。弥生が、がっくりと肩を落とした。

沙霧は泣き出しそうな顔になっていた。

「もうじき親父さんに会えるよ。しっかりするんだ」

丹治は沙霧を力づけ、煙草をくわえた。逸《はや》る気持ちを鎮《しず》めるためだった。

3

カーブが多くなった。

山道に入ったらしい。ハンドルが切られるたびに、体が傾いた。

丹治はボルボ八五〇のトランクに身を潜《ひそ》めていた。

横臥《おうが》の姿勢だった。

できるだけ手脚《てあし》を縮めていた。国産車のトランクよりも、だいぶ広い。

それでも長身の丹治には、狭く感じられた。全身の筋肉が強張《こわば》りはじめていた。おまけに、床は冷たかった。七時過ぎだった。

ボルボが三村邸を出てから、二時間あまりが経過している。

車は青梅《おうめ》市内を走行中だった。数分前に、秋川《あきかわ》街道から青梅街道に入ったところだ。

荒鷲と名乗る男は、人質の娘に五度電話をかけてきた。

いずれも進行方向の指示だった。そのつど、運転席の沙霧は腕時計型の超小型無線機で丹治に報告してきた。犯人が車で追尾《ついび》している気配はうかがえないという。

丹治は特殊無線機を口に近づけ、竜頭《りゅうず》を押した。トークボタンだ。

「いま現在、前後の車は？」

「変な車は見えません」

「そうか。車を左に寄せて、ちょっと車を停めてくれないか」

「なぜ、車を？」

「単独犯じゃなければ、きっと犯人グループの誰かが近くに迫ってるにちがいない。そいつを確かめたいんだ」

「わかりました」

沙霧が車を路肩《ろかた》に寄せた。エンジンは切らなかった。

十秒ほど経《た》ってから、丹治は問いかけた。

「どうだい？」

「あっ、あの車！　後ろに停まってるスカイラインは中央高速の八王子ＩＣ《インターチェンジ》を降りてから、ずっと見え隠れしてたんです」

「振り返らないほうがいい。ミラーでは顔は確認できないだろうな」

「ええ。でも、車内にはドライバーしかいないように見えます。男のようですね」

「その車に注意を払いながら、車を走らせてくれないか」

「わかりました」

ボルボが滑るように発進した。実に滑らかなスタートだった。

「丹治さん、スカイラインも走りだしました。犯人グループのひとりなんでしょうか？」

「そうなのかもしれない。一般車がわざわざ一時停車するのは妙だからな」

「ええ。わたし、なんだか怖くなってきました」

「怖がることはないよ。いざとなったら、おれがすぐに飛び出すから」

「は、はい。あっ、右側に電車が走ってます。青梅線かしら？」

「そうだよ。この街道は青梅線の線路と並行してるんだ。おそらく身代金の受け渡し場所は、奥多摩湖あたりなんだろう」

「そういえば、奥多摩湖はこの先にあったんですね。小学校のとき、社会科見学で小河内《おごうち》ダムに来たことがあるんです」

「おれも、だいぶ前に奥多摩湖までドライブしたことがあるよ」

「いま、鳩ノ巣《はとのす》駅の前を通過しました」

「それなら、あと二十分そこそこで奥多摩湖にぶつかるな。後続のスカイラインは？」

「一定の距離を保《たも》ってます」

「そう。何か不審な動きがあったら、すぐに教えてくれ」

「はい」

交信が途切れた。

ボルボは走りつづけた。四、五十キロの速度だった。少し加速したと思ったら、間もなくカーブに差しかかった。

──スカイラインを転がしてる奴を楯《たて》にしよう。

丹治は振動に身をゆだねながら、密《ひそ》かに思った。

数分後、車内でスマートフォンが鳴った。

沙霧が電話に出る気配が伝わってきた。荒鷲からの指示と思われる。通話時間は短かった。

ほどなく沙霧がコールしてきた。

「犯人からです。小河内ダムの方に曲がらないで、このまま直進しろという指示でした。湖岸道路のどこかに、父は連れ出されてるようです」

「そうか」

丹治は交信を打ち切った。

それから十四、五分後だった。

突然、ボルボが急停止した。丹治はトランクリッドに頭を打ちつけそうになった。

「急ブレーキをかけて、ごめんなさい。カーブを曲がりきったら、コンテナトラックが停まってたの」

耳栓型イヤフォンに、沙霧の声が流れてきた。

「コンテナトラック？」

「ええ、そうです。車から、三人の男が出てきました。あっ、ひとりは父です！　若い男が父をナイフで脅してるみたいです。こっちに来るわ」

「三人がボルボに接近してきたら、敵に気づかれないようにトークボタンを押しつづけてくれないか」

丹治は頼んだ。

少し経つと、複数の靴音が近づいてきた。

丹治はトランクのフックに手を伸ばした。オープナーやキーを使わずに、内側からトランクリッドを開けられるように細工しておいたのだ。飛び出すチャンスを待つ。

足音が熄《や》んだ。

ボルボのドアが開けられた。運転席側だった。沙霧が車を降りろと命じられたらしい。

「沙霧、心配かけたな」

三村らしい男の声が、丹治のイヤフォンに届いた。

「お父さん、どこも怪我はしてない？」

「ああ、大丈夫だよ。お金は持ってきてくれたね？」

「ええ。後部座席とその下に、三つのケースがあるわ」

「すまなかった」

「これで、父を解放してもらえるんですね？」

沙霧が犯人グループの者に声をかけた。

「ジュラルミンケースの鍵を出せ！」

「鍵は掛けてません。留具は簡単に手で外せます」

「車から、もっと離れろ。中身を調べる」

男の低い声がした。ほどなく後部のドアが開けられた。身代金を検《あらた》める気配が伝わってきた。

丹治は、トランクルームから飛び出したい衝動を辛《かろ》うじて抑《おさ》えた。

おそらく別の男は、まだ三村に刃物を突きつけているだろう。人質に危害が加えられたら、仕事は完璧《かんぺき》ではない。

「お金は全部、古いお札で揃《そろ》えました」

沙霧の声がした。

「そうらしいな」

「早く身代金を車から出してください」

「いや、この車を少し貸してもらう。おまえは親父さんと小河内ダムまで歩いて引き返すんだ。ダムの横の駐車場に、親父さんのベンツが置いてある。それで、成城の自宅に戻れ！」

「荒鷲って名乗った男は、どこにいるの？　この近くにいるんでしょ？」

「さあね」

男がせせら笑って。ボルボの運転席に入った。

そのとき、人の倒れる音がした。三村が呻き、沙霧が悲鳴を洩らした。

ナイフを持った男が三村を突き飛ばしたらしい。あるいは、投げ飛ばしたのか。

ボルボの助手席に別の男が乗り込んだ。

丹治はトランクルームから出る気になった。

だが、手遅れだった。すでにボルボは勢いよく走りはじめていた。

「丹治さん……」

レシーバーから、沙霧の困惑した声が流れてきた。

「おれのことは心配するな。きみは親父さんと一緒にダムに向かうんだ。スカイラインはどうした？」

「それが見たらないんです」

「わかった。とにかく、ダムに急ぐんだ」

丹治は低く言って、トークボタンから手を離した。

ボルボは、さらに速度を上げた。

丹治は片手でトランクリッドの内側を押さえて、体の揺れを防いだ。犯人グループは、どこかで身代金を自分たちの車に移し替える気らしい。そのときが敵をふん掴まえるチャンスだ。

十分ほど走ると、ボルボは湖岸道路から右の脇道に入った。

とたんに、揺れが大きくなった。ボルボは上下に弾んだ。未舗装道路らしい。

やがて、ボルボが停まった。

二つのドアが開く。丹治は細工を施したフックを解除し、トランクリッドを撥《は》ね上げた。トランクルームから出る。あたりは杉林だった。

「なんだ、てめえは！」

ナイフを持った男が吼《ほ》えた。昨夕、駒場の建築現場で痛めつけた若い男だ。

「また会ったな」

「トランクルームに隠れてやがったのか」

「身代金は渡せねえぜ」

丹治は男に近づいた。

三歩進んだときだった。重い銃声がして、暗がりが明るんだ。運転席側に立った男は、両手保持で拳銃《けんじゅう》を構えていた。

自動拳銃だった。型《タイプ》は判然としない。

放たれた銃弾は、丹治の右の耳の近くを駆け抜けていった。

衝撃波で、一瞬、耳が聴こえなくなった。顔半分の筋肉が圧《お》されて、波状にたわんだ。

二弾目が放たれた。頭上で、枝が弾き飛ばされた。杉の葉も鳴った。

拳銃を手にした男が、ボルボの陰から走り出てきた。

また、銃声が夜気《やき》を震わせた。銃口炎《マズル・フラッシュ》が男の顔を赤く染めた。二十七、八歳だった。

初めて見る顔だ。細面《ほそおもて》で、眼光が鋭かった。どう見ても、堅気ではない。

ナイフの男がボルボの前を回り込み、素早く運転席に入った。

ボルボが急発進した。

丹治はボルボを追う気になった。

そのとき、四発目の弾《たま》が飛んできた。丹治は身を伏せた。ボルボが遠ざかっていく。暗がりから、男が飛び出してきた。

水平式二連銃を抱えていた。散弾銃だ。レミントンかウィンチェスターだろう。

丹治は、いったん杉林の奥に逃げた。少し走ってから、振り向いた。

二つの人影が迫ってきた。

最初に火を噴《ふ》いたのは、散弾銃のほうだった。放たれた散弾は円錐形《えんすいけい》を描いて拡《ひろ》がった。

丹治は地に這いつくばった。

粒弾が小枝を鳴らし、幹にめり込んだ。

丹治は起き上がった。中腰で、樹木の間を縫《ぬ》いはじめた。すぐに散弾と拳銃弾が交互に放たれた。足許で、着弾音が重なった。

長くは前進できなかった。二人の男が武器で威嚇《いかく》しながら、山道を駆け登っていく。

丹治は林伝いに追った。

散弾銃が時々、ぶっ放された。だが、丹治は怯《ひる》まなかった。

懸命に追った。下生えに何度か足をとられた。滑った分だけ、遅れをとることになった。

——ビビることはないさ。

丹治は自分に言い聞かせ、山道に戻った。

走った。死にもの狂いで駆ける。

しかし、徒労だった。二人の男はボルボに乗り込んでしまった。片方は助手席で、もうひとりは後部座席だった。

半ドアのままで、ボルボは走り出していた。追ったが、無駄だった。また、負け犬になってしまった。実に忌々《いまいま》しい気持ちだ。

「丹治さん、丹治さん！」

沙霧の声がコールした。

「何かあったのか？」

「いいえ、そうじゃないんです。深追いしないでってお願いしようと思ったの」

「残念だが、もう追えなくなっちまったよ」

丹治は経過を話した。三億円をみすみす奪われた上に、ボルボまで乗り逃げされたことを素直に謝った。

「そんなこと、気にしないでください。丹治さんが無事でよかったわ」

「いま、きみは小河内ダムにいるんだね？」

「いいえ、湖岸道路を走ってます。丹治さんを置き去りにして、自宅には戻れません。父も、そうすべきだと言ってるんです」

「スカイラインはうまく撒《ま》いた？」

「唐木さんだったんですよ、スカイラインを運転してたのは。継母《はは》に頼まれて、こっそりボルボの後を追ってきたんですって」

沙霧がきまり悪そうに言った。

「そうだったのか。スカイラインは、ベンツの後ろを走ってるのかな？」

「そうです。これから、丹治さんを迎えに行きます」

「しかし、ここがどのあたりなのか、はっきりわからないんだ。湖岸道路から右に入ったことは確かなんだがね」

「杉林に挟まれた脇道があったら、とにかく入ってみます。少し手間取るかもしれませんけど、必ず捜し出しますから、そこを動かないでくださいね」

「わかった。みっともないことになっちまったな」

丹治は苦笑し、交信を打ち切った。

煙草を五、六本喫《す》ったころ、背後で車の走行音がした。丹治は振り返った。

ベンツとスカイラインが近くに停まっていた。沙霧がベンツの運転席から出てきた。

「無事で何よりです」

「とんだ失敗《ドジ》を踏んじゃって、合わせる顔がないよ」

丹治は頭を掻《か》き掻き、ベンツＳＬの後部座席に乗り込んだ。

助手席には、三村将史が坐っていた。丹治は自己紹介した。

「あなたのことは娘から聞きました。大変なことを押しつけてしまって、申し訳ありませんでした」

「こちらこそ、なんのお役にも立てなくて心苦しく思っています」

「とにかく、家に戻りましょう」

三村が娘を促した。

沙霧がベンツを走らせはじめた。すぐ後ろから、唐木のスカイラインが従《つ》いてきた。

青梅方面に進む。進路は空《す》いていた。

「お疲れでしょうが、拉致《らち》されたときのことを少しばかり聞かせてください」

丹治は斜め前の三村に話しかけた。

「わかりました。高輪《たかなわ》のホテルに向かう途中で、わたしは急に友人の病気見舞いに行く気になったんです。で、車を南青山の方に向けたんですよ。友人が入院してる病院は、南青山にあるんです」

「どこで襲われたんです？」

「青山霊園のそばでした。大型バイクがこの車を追い抜くなり、行く手を阻《はば》んだんです。車を停めると、フルフェイスのヘルメットを被《かぶ》った若い男が駆け寄ってきました。文句を言おうとして、パワーウインドーを下げたら、その男はいきなり催涙スプレーを噴《ふ》きかけてきたんですよ」

「バイクの男があなたを押しのけて、運転席に坐ったんですね？」

「いいえ、そうではありません。後ろに停まったライトバンから降りた二人の男が乗り込んできて、わたしの首筋に何か注射したんです」

「麻酔注射だろうな」

「そのようでした。ほんの数秒で、わたしは意識がなくなりました。気がついたときは、半地下室のような部屋に転がされていました。手足を結束《けっそく》バンドで括《くく》られ、目には布テープを貼《は》られてました。とっても惨《みじ》めな気分でしたよ」

三村が話し終え、長く息を吐いた。

「犯人グループの顔は？」

「さっき、三人の顔を初めて見ました。それまでは、ずっと目隠しされてたんです。一日に二度、菓子パンとおにぎりを与えてくれましたが、犯人たちが食べさせてくれたんです。トイレに行くときは結束バンドを外してくれましたが、目隠しは取ってくれませんでした。それに四六時中、見張りがいましたから、とても自力で脱出することなどできなかったんですよ」

「そうでしょうね。逃げた三人に見覚えは？」

丹治は訊いた。

「三人とも見覚えはありません。しかし、彼らがわたしを拉致したんでしょう。三人の声は襲われたときに耳にしてましたから、間違いないと思います」

「監禁されてた場所に見当はつきます？」

「具体的なことはわかりませんが、民家のない場所だと思います。車の音や生活音は、まるで聞こえてきませんでしたんで。多分、山の中だったんでしょう」

「身代金の受け渡し場所からは、どのくらい離れてたの？」

沙霧が口を挟んだ。

「それが、どうもはっきりしないんだよ。監禁場所から、だいぶ長いことトラックに乗せられたんでね。目隠しされてたんで、正確なことはわからないが、一時間以上は……」

「なら、山梨《やまなし》か埼玉《さいたま》の山の中かもしれないわ」

「そうなんだろうか。なんだか同じコースをぐるぐる走ってるような感じでもあったんだ」

三村が答えた。

丹治は問いかけた。

「三人の実行犯が誰かに電話をかけてる様子は？」

「その気配はありませんでしたね。ただ、三人のうちの二人はちょくちょくどこかに出かけました」

「首謀者が『風雅堂』の粕谷忠幸とは考えられませんか。あなたは浮世絵のことで、粕谷と係争中だそうですね？」

「ええ。粕谷は、わたしに贋作《がんさく》を売りつけたんですよ。買い戻しにも応じないんで、やむなく裁判に持ち込んだわけです。粕谷のほうは、言いがかりだと逆に怒ってますがね」

「円山応挙の山水画を買い逃したことで、粕谷を叱《しか》りつけたことがあるとか？」

「あのときは、つい感情的になってしまったんです。しかし、そのことで粕谷が逆恨みをするとは思えません」

三村が言った。

会話が中断した。それを待っていたように、沙霧が父親に問いかけた。

「家に電話をかけてきたのは、三人のうちのどの男なの？」

「トラックから降りなかった奴だよ」

「三人はお互いを呼び合うときに、姓とか愛称を口にしなかった？」

「彼らは、『よう』とか『ちょっと』と声をかけ合うだけだったね。正体を覚《さと》られることを警戒してたんだろうな」

「そうなんでしょうね」

「犯人を突きとめて、身代金を必ず取り返します」

丹治は三村に言った。

「身代金は、もう結構です。株か何かで損したと思って、諦めることにしますよ」

「警察に届ける気はないようですね？」

「ええ。あまり名誉なことじゃないんで、被害届は出さないつもりです」

三村が言った。

「たとえ三村さんが泣き寝入りしても、わたしは調査を打ち切りませんよ」

「成功報酬は二百万円というお約束だったそうですね。その分は今夜にでも、小切手を切りましょう」

「犯人を突きとめるまでは、報酬は受け取れません。あなたが三億円よりも世間体を大事にしたように、わたしにも大切にしてるものがあるんです」

「それは何なのかな？」

「誇りってやつです。わたしは、これでもプロの調査員です。お情けで報酬なんか貰《もら》いたくないんですよ」

丹治は毅然《きぜん》と言った。三村は何か言いかけたが、言葉を呑《の》んだ。

「お父さん、丹治さんの言う通りだわ。お金で何でも片がつくと思ったら、大間違いよ」

沙霧が言った。

「そうだね。少し失礼な言い方をしたようだ。丹治さん、赦《ゆる》してください。それから、あなたの気の済むようになさってください」

「そうさせてもらいます」

丹治はシートに深く凭《もた》れた。

4

足が竦《すく》みそうになった。

丹治は苦く笑った。指定された店は、なんと甘味処《どころ》だった。新橋《しんばし》駅から、それほど遠くない場所にあった。

奥多摩湖に出かけた翌日の夕方だ。正午過ぎに岩城から電話があり、ここで落ち合うことになったのである。

誘拐犯グループに奪われたボルボは、まだ発見されていなかった。むろん、身代金の行方もわからない。

丹治は暖簾《のれん》を掻《か》き分け、店内を覗いた。

若いＯＬたちで、ほぼ満席だった。元レスラーがまだ来ていなかったら、店の前で待つつもりでいた。三十代の男が汁粉屋《しるこ》に入るのは、かなり勇気がいるものだ。

岩城は隅《すみ》の席にいた。大声で呼ぶわけにもいかない。

やむなく丹治は店内に入った。気恥ずかしかった。伏し目がちに歩く。

大男は御前汁粉《ごぜんじるこ》を啜《すす》っていた。

卓上には、白玉《しらたま》ぜんざいや桜餅《さくらもち》もあった。岩城は幸せそうな顔をしていた。

「こんな店を指定しやがって。せめてフルーツパーラーにしろ」

丹治は悪態《あくたい》をついて、椅子に坐った。

絣《かすり》の着物をまとったウェイトレスにホットコーヒーだけを頼む。琴《こと》の音《ね》が聴こえた。

生演奏ではなく、ＣＤだった。

「旦那、くず餅ぐらい喰《く》いなよ」

「それより、相談って何なんだ？」

「そう急《せ》かすなって。おれは、こいつを楽しみながら……」

「おまえと違って、おれは忙しいんだ。早く用件を言え」

「わかったよ」

岩城が箸《はし》を置いた。

丹治はセブンスターをくわえかけ、店内は禁煙であることに気づいた。煙草をパッケージに戻して、コップの水を飲む。

「おれの知り合いの貸ビル業のおっさんが、ちょっと困ってるらしいんだ。旦那、救《たす》けてやってくんねえかな？」

岩城が言った。

「いまは忙しいんだ。しかし、話だけは一応、聞いておこう」

「ありがとよ。そのおっさん、新橋にテナントビルを持ってんだけど、ビルを乗っ取られそうなんだってさ」

「何かで借金を作っちまったのか？」

丹治は訊いた。

「それが、そうじゃねえんだよ。罠《わな》に嵌《は》められちまったんだってさ」

「美人局《つつもたせ》にでも引っかかったらしいな」

「そんなようなもんだな。でも、相手は女じゃねえんだ」

「というと、そのビルオーナーはゲイなんだな？」

「両刀遣《づか》いなんだよ。六本木で拾った美少年とホテルにしけ込んだはいいけど、おっさん、ナニのシーンを一部始終、隠《かく》し撮《ど》りされちまったらしいんだ」

「間抜けな話だな。その程度のスキャンダルでビル まで乗っ取られそうになってるって⁉」

「そうなんだよ。相手が悪かったんだ。美少年を操《あやつ》ってたのは、極友会《きょくゆうかい》だったんだよ」

岩城が声をひそめた。

極友会は、首都圏で三番目に勢力を誇る広域暴力団だった。構成員は約四千人だ。

「極友会のやり方にしてはずいぶん荒っぽいな。暴力団新法で警察も民事に介入できることになったわけだから、自殺行為に等《ひと》しいじゃないか」

「それだけ渡世人も遣り繰り《シノギ》が苦しくなってんじゃねえの？　ここ数年、堅気《ネス》になる組員が増える一方だからな」

「それにしても、荒っぽすぎる」

丹治は言って、上体を反《そ》らした。ウェイトレスがコーヒーを運んできたからだ。

話が中断すると、岩城はふたたび箸《はし》を動かしはじめた。

食べかけの御前汁粉を掻《か》っ込み、白玉を幾つか頬張った。その後、桜餅に手を伸ばした。

「岩、みっともないぜ。そんなにがつがつしなくたっていいだろうが」

「時間が経《た》つと、白玉や桜餅は固くなっちまうんだ。好きな喰《く》い物《もん》は、いちばんうめえときに喰わなきゃな」

「喰い意地の張った野郎だ。で、話のつづきは？」

「極友会は時価三十七億円のテナントビルを十分の一の値で売れって、おっさんに迫ってるらしいんだよ」

「ひでえ話だな。新橋のテナントビルをたったの三億七千万で譲れってわけか」

丹治は首を小さく振った。

「当然、おっさんは突っ撥《ぱ》ねたんだ。そうしたら、極友会はおっさんの大学生の長男に接近して、厄介《やっかい》な性病に罹《かか》ってる娼婦《しょうふ》を宛《あ》てがったらしいんだよ」

「その倅《せがれ》は病気をうつされたのか？」

「そうらしいんだ。このあいだ、性病検査で陽性と出たんだってさ。で、息子はショックを受けて、発作的に飛び降り自殺を図ろうとしたらしいんだ。幸い一命は取り留《と》めたって話だが、一生、車椅子の世話になることになっちまったそうだよ」

「そいつは気の毒だな」

「極友会は、底値をつきかけてる都心のテナントビルを次々に安く買い叩く気なんじゃねえの？」

岩城が言った。

「いまは、確かに不動産を安く買い叩ける時期だよな。都心のあちこちに買い手のつかないビル用地があるし、入居率五割以下のテナントビルも多い」

「ああ。オーナーたちは金利負担で頭を抱えてるみてえだぜ。借金で不動産を手に入れた連中は、毎日が地獄だろうな」

「極友会はそういう奴らに目をつけ、罠に嵌《は》めて欲しいビルや土地を二束三文で買い叩こうって魂胆《こんたん》なんだろう」

　丹治はコーヒーをブラックで飲んだ。

「おっさんの話によると、同業のビルオーナーの何人かが安値で自分のビルを手放しちまったそうだぜ」

「そうか」

「旦那、そのおっさんの力になってやってくれや。レスラー時代に、おれ、よく面倒を見てもらったんだ。関東義誠会《かんとうぎせいかい》あたりに頼んで極友会を抑《おさ》え込んでもらってもいいんだが、後のつき合いが何かと大変だからな。旦那、ひとつ頼むよ」

　岩城が軽く頭を下げた。

「最初に言ったように、いまは動けないんだ」

「いつになれば？」

「まだ何とも言えないな。割に奥の深い事件かもしれないんだ」

　丹治は誘拐事件のことを大雑把《おおざっぱ》に話した。

「そういうことなら、おれがおっさんの力になってやるか。といっても、代理人ぐらいにしかなれねえと思うけどさ」

「岩、あまり極友会を刺激するなよ。おまえに何かあったら、マリアが悲しむぜ」

「おれは、もう足を洗った人間なんだ。そう無茶はできねえよ。それより、ちょっと

「銭を貸してもらいてえんだ」

「ギャンブル資金か？」

「いや、マンションの家賃を遣い込んじまって、家主に催促されてんだよ。とりあえず、二十万ほどあれば……」

岩城が巨体を縮めた。丹治はジャケットの内ポケットから札入れを取り出し、二十万円を貸し与えた。

「恩に着るよ。来週あたり、オートでツキが戻りそうだから、なるべく早く返す」

「あるとき払いでいいさ。それにしても、おまえはよくよく金運がないな」

「いまはね。でもよ、そのうち逆転ホームランをかっ飛ばすって。そしたら、旦那にたっぷり返礼すらあ」

岩城はあっけらかんと笑って、残りの桜餅を口の中に放り込んだ。

丹治は伝票を掬《すく》って、先に腰を上げた。

岩城が口をもぐもぐさせながら、八つ手の葉のような大きな手をひらひらさせた。

丹治は苦笑し、レジに向かった。

店を出て、裏通りに入る。丹治はジャガーに乗り込み、駒場二丁目に向かった。

『風雅堂』に着いたのは、およそ四十分後だった。

丹治はわざと店の前を素通りし、暗がりに車を停めた。

粕谷の店に電話をする。受話器を取ったのは、男だった。

「浮世絵を買ってもらいたいんだが、値踏みしてもらえないか」

丹治はでまかせを言った。

「誰の絵です？」

「北斎だよ。死んだ親父の遺品を整理してたら、その浮世絵が出てきたんだ。肉筆画だと思うんだが……」

「それは貴重なものですね。ぜひ拝見させていただきたいものです。ご都合のよろしい日に、お宅に伺《うかが》わせてください」

男が関心を示した。

「実は、お宅の近くまで来てるんだ。しかし、店に入るとこを誰かに見られるのはちょっと困るんだよ」

「いま、どのあたりにいらっしゃるんです？」

「日本近代文学館《にほんきんだいぶんがくかん》のそばだよ」

「すぐ近くじゃないですか。わたし、すぐにそちらに向かいますよ。近代文学館の前で待っていただけます？」

「いいよ」

「失礼ですが、お名前を」

「安井《やすい》だよ。それじゃ、待ってる」

丹治は電話を切り、車を走らせはじめた。

日本近代文学館まで数分だった。文学館内には、文豪たちの生原稿や初版本などが展示されている。文学館の少し手前で車を停めた。ジャガーを降り、門の前まで歩く。人気《ひとけ》はなかった。

煙草を半分ほど喫《す》ったとき、駆け寄ってくる人影があった。

額の禿《は》げ上がった五十絡《がら》みの男だった。灰色のセーターの上に、黒っぽい上着を重ねていた。

「『風雅堂』さんの人？」

丹治は軽い口調で確かめた。もう少し放蕩《ほうとう》息子を演じる必要があった。

「はい、店主の粕谷です。あなたは安井さんですね？」

「うん、そう」

「北斎の浮世絵はどこにあるんです？」

「実は友達んとこに預けてあるんだ」

「そうなんですか」

粕谷は失望した様子だった。

「おたくのことは、その友達が教えてくれたんだよ」

「どなたなんだろう？」

「徳山、徳山一憲って奴だよ」

丹治はそう言い、粕谷の反応をうかがった。動揺の色は感じ取れなかった。

「同じ名前の知り合いがいますが、多分、同姓同名の別人でしょう。その彼は、あなたより年上そうだし、仕事もお抱え運転手ですからね。あなたとは生活環境がだいぶ違うようですし……」

「おれの友達も社長のお抱え運転手をしてんだ」

「それでは、わたしの知り合いの徳山さんかもしれませんね」

「友達んとこに行けば、はっきりするな。そいつんとこに連れていくよ」

丹治は先に車に歩み寄った。

助手席に粕谷を乗せ、ほどなく発進させた。

代沢《だいざわ》の住宅街を抜けて、環七通りに出る。上馬《かみうま》から駒沢公園の横を通り、多摩川の土手道まで走った。幹線道路より、車の数はぐっと少ない。

いつの間にか、夜の気配が色濃くなっていた。

「あなたのご友人の徳山さんは、どこにお住まいなんです？」

粕谷が問いかけてきた。

「多摩川だよ、東急東横線の」

「それなら、同一人物ですよ。そうですか、あの徳山さんがあなたの友達でしたか。世の中、狭いもんですね」

「そうだな。徳山は、おたくに何か貸しがあるような言い方をしてたなあ」

丹治は鎌をかけ、少し加速した。

「貸し？」

「ああ、そう言ってたね」

「おかしなことを言うんだな、徳山さんも。別に彼の世話になった覚えはないがなあ」

粕谷が首を捻った。

丹治は急ブレーキをかけた。粕谷が前にのめった。すぐに反動で大きくのけ反った。

「あ、危ないじゃないですかっ」

「こっちの質問にちゃんと答えねえと、大怪我するぜ」

丹治は車を左に寄せ、粕谷の肩を摑《つか》んだ。粕谷は、きょとんとしている。

「あんた、徳山に三村将史の書斎から何か盗み出させなかったか？」

丹治は訊いた。

「何かって？」

「あんたが三村に一億四千万円で売りつけた七点の浮世絵だよ。正確には贋作《がんさく》浮世絵ってことになるんだろうがな」

「贋作⁉　わたしが、そんなものを客に売るわけないっ」

粕谷が怒気《どき》を孕《はら》んだ声で喚《わめ》いた。

「じゃあ、なぜ三村はあんたを告訴したんだ？」

「わたしは断じて疚《やま》しいことはしてない。だから、誣告《ぶこく》罪で三村氏を訴えたんだ。どういう考えがあったのか知らんが、三村氏はわたしが売ったものを贋作とすり替えたようなんだ。それを鑑定家に見せて、贋物《にせもの》を摑まされたただなんて騒いでるんだよ」

「三村があんたを陥《おとしい》れたって言いたいわけか」

「実際、そうなんだよ。三村氏は、わたしを逆恨《さかうら》みしてるんだろう」

「逆恨みだって？」

丹治は問い返した。

「あの男は以前から、円山応挙の作品を手に入れたがってたんだ。しかし、わたしはその買い付けに失敗してしまった。それで、奴はわたしを逆恨みしてるんだよ。そうにちがいない」

「その話は、あんたの奥さんからも聞かされた」

「わたしの留守中に、フリーライターと名乗って訪ねてきたのは……」

「ああ、おれだよ。もう一度訊《き》く。徳山を使って、盗みはやってないんだなっ」

「当たり前じゃないか。なんなら、徳山さんに訊いてみてくれ。いや、これから一緒に彼のとこに行こうじゃないかっ」

粕谷の語気は強かった。

演技で怒って見せているのではなさそうだ。本気で憤《いきどお》っているのだろう。しかし、図太い人間なら、この程度の芝居は打てるかもしれない。

「あんたの話を素直に信じられない材料があるんだ。一昨日の晩、おれは『風雅堂』を出た後、眉の薄い男に痛めつけられた。おそらく、その前から尾行されてたんだろう」

「そんな男は知らない。第一、おたくとは初対面じゃないか。わたしが、なぜ、おたくを痛めつけさせなきゃならないんだね？」

「確かに面識はなかったし、個人的な利害の対立もない。しかし、おれはあんたが三村の書斎から誰かに浮世絵を盗み出させたと疑いを持った。それを察知《さっち》したあんたは早めに手を回して……」

丹治は言葉を切って、粕谷の表情を観察した。

狼狽《ろうばい》の色は表われなかった。粕谷が一拍置いてから、苦々しげに言った。

「誰に何を吹き込まれたのか知らんが、噂《うわさ》や中傷に惑《まど》わされないでもらいたいねっ」

「あんた、やくざともつき合いがあるんだって？」

「幼馴染《おさななじ》みに極友会の大幹部がいることはいるよ。年に何度か一緒に酒を飲んでるが、やくざを使って何か悪さをしたことはないっ」

「その幼馴染みの名は？」

丹治は訊いた。

「答えたくないね。その彼は乱暴者だが、友達思いのいい奴なんだ。そんな友人に迷惑をかけるわけにはいかないっ」

「涙が出そうな話だな」

「茶化《ちゃか》さないでくれ。それより、早く徳山さんのとこに行こうじゃないかっ。妙な疑いをかけられたままじゃ。わたしも気持ちがすっきりしないからね」

「徳山には、後でおれが確かめてみよう」

「こんな手荒なことをして、おたくはいったい何様のつもりなんだっ」

「乱暴な扱いをして、済まなかった。家まで送ろう」

「結構だ」

粕谷がドアを開け、憤然と車を降りた。

丹治は少し気が咎《とが》めたが、強くは引き留めなかった。煙草に火を点け、車を穏やかにスタートさせる。

徳山のアパートを訪ねるつもりだった。

三村の書斎の残り香が徳山の整髪料の匂いでないとしたら、いったい誰が浮世絵を盗み出したのだろうか。粕谷の話をどこまで信じていいのか。浮世絵の消失と誘拐事件には、なんの接点もないのだろうか。

ごく単純に思えた事件だったが、謎《なぞ》は深まるばかりだった。

丹治は徐々にアルセルを踏み込んだ。

第三章　脅迫の複合

1

電灯が点《つ》いている。

徳山の部屋だ。外出先から戻ったらしい。

丹治は赤錆《あかさび》の浮いた鉄骨階段を上がりはじめた。あまり大きなアパートではなかった。

二度目の訪問だった。最初に緑風荘を訪れたのは、一時間半ほど前だ。

三村将史のお抱え運転手は、あいにく部屋にいなかった。隣室の大学生に声をかけると、徳山は買物に出かけたという話だった。

丹治は時間潰《つぶ》しに、徳山の行きつけの銭湯と居酒屋に行ってみた。

三村が誘拐された日、確かに徳山は夕方六時半ごろに『藤乃湯』の暖簾《のれん》を潜《くぐ》り、その後は『ひさご』で飲んでいた。帰った時刻も、本人の話した通りだった。

複数の証言者が口裏を合わせている気配はうかがえなかった。これで、徳山が誘拐に加担《かたん》していないことは裏付けられたわけだ。

しかし、浮世絵に関する疑いはまだ完全には消えていない。なんらかの事情があって、徳山自身が浮世絵をくすねたのか。そうではなく、誰かが徳山に濡衣《ぬれぎぬ》を着せようとしたのだろうか。

丹治は、それを見極《みきわ》めたかった。

階段を昇りきった。徳山の部屋は、手前の角だ。玄関ドアの前に立つ。

化粧合板の端は捲《めく》れかけていた。かなり古いアパートだった。外壁のモルタルは、ところどころ剝《は》がれ落ちている。

丹治はノックをした。

短い応答があった。室内を走る足音が響き、ドアが開けられた。徳山は濃紺のジャージの上下に、フリースのパーカーを引っ掛けていた。

「ちょっと訊《き》きたいことがあるんだが、お忙しいのかな？」

丹治は語りかけた。

「いいえ。鱈《たら》ちりで、一杯飲《や》ってたとこです。どうぞ入ってください」

「それじゃ、お邪魔します」

「部屋がぶっ散らかってますけどね」

徳山がきまり悪げに言い、奥の部屋に戻った。

１Ｋだった。キッチンは三畳ほどで、右側にトイレと洗面所が並んでいた。奥は六畳の和室だった。

ホットカーペットの上に、デコラ張りの小さな座卓が置かれている。ストーブの類《たぐい》は見当たらない。卓上コンロの土鍋《どなべ》は、湯気を立ち上らせていた。焼酎《しょうちゅう》の甖《びん》が見える。

丹治はホットカーペットの上に直《じか》に胡坐《あぐら》をかいた。座蒲団《ざぶとん》はなかった。

徳山は小鉢《こばち》と割箸《わりばし》を卓上に置くと、手早く焼酎のお湯割りを作った。コップには、酒店の名が入っていた。

殺風景な部屋だった。

安物の洋服簞笥《だんす》とカラーボックスがあるきりだ。テレビもＣＤもミニコンポも見当たらない。カラーボックスの上段には、数冊のヌード写真集が納まっていた。

「なんにもないでしょ？　女房と別れたとき、家具は全部処分しちゃったんですよ」

徳山が言って、丹治の右斜め前に腰を下ろした。新しい小鉢にポン酢を入れ、鱈や白菜を取り分けた。

「いただきます」

丹治は焼酎のお湯割りを口に運んだ。

徳山がハイライトをくわえた。幾分、身構えるような顔つきになっていた。

「三村氏が家に戻ったことは、もうご存じでしょ？」

「ええ。きのうの晩、沙霧さんから電話をいただいたんで。三億円の身代金を奪《と》られたそうですね？　でも、社長が無事で何よりです」

「しかし、わたしは無念です。身代金を運ぶ車のトランクに身を潜めて、犯人を取っ捕まえようとしたんですがね」

「そうだったんですか。お嬢さんは、そこまでは話してくれなかったんで、ちっとも知りませんでした」

「三村氏は警察に通報する気はないようですが、こっちは何としてでも犯人を突きとめたいんですよ。プロの意地がありますからね。負け犬のままで終わりたくないんです」

　丹治は徳山の顔を見据《みす》え、盗まれた浮世絵のことを話した。

「なんか間《ま》が悪いな。おれが易者の先生のお宅から社長の家に回った日に、あの浮世絵が盗まれるなんて。そうか、それで疑いを持たれたんですね」

　徳山が煙草の煙を吐き出し、急に思い当たる表情になった。

「別に疑ってるわけじゃないんですよ。ただ、徳山さんにとって、少し不利な状況証拠があるんです」

「不利なことって？」

「はっきり言いましょう。浮世絵がなくなったことに弥生夫人が気づいたとき、三村氏の書斎には柑橘《かんきつ》系の整髪料の匂《にお》いが残ってたんです。あなたが使ってるヘアトニックと同じ香りでした」

　丹治は言った。

　徳山が片手を大きく横に振って、短くなったハイライトを灰皿に捻《ひね》りつけた。

「おれ、二階になんか上がってませんよ。もちろん、浮世絵なんか盗んじゃいない。おれが同じヘアトニックを使ってるからって、それだけで疑われたんじゃ、かなわないな」

「おっしゃる通りです。その整髪料は、どこでも売られてますからね。ただ、三村氏の書斎に浮世絵があることを知ってる人間となると、ある程度絞られてくるんですよ」

「社長のお宅によく出入りしてるのは、おれだけじゃない。秘書の唐木だって、頻繁《ひんぱん》に出入りしてます。そうだ、唐木も以前、おれと同じヘアトニックを使ってたな」

「ほんとですか⁉」

　丹治は身を乗り出した。

「ええ。三、四カ月前まで、まったく同じ整髪料を使ってましたよ。いまは、別のヘアトニックを使ってるけどね」

「きのうの午後、唐木は身代金の一部を届けに現われたな。応接間に顔を出す数時間前に、彼がこっそり二階の書斎に忍び込んだんだろうか。唐木なら、三村邸の間取りを知り尽くしてるから、千代さんの目を盗んで侵入することもできそうだ」

「あの男も浮世絵なんか盗《と》ってないと思うな」

　徳山がそう言い、鱈を口の中に放り込んだ。

「なんだか確信ありげですね」

「唐木は沙霧さんに惚《ほ》れてるんですよ。社長にも気に入られるように努《つと》めてる男ですから、三村家を困らせるようなことはやらないでしょう。多分、唐木は沙霧さんと結婚して、社長の跡を継《つ》げればなんて夢見てるんだと思います。他人《ひと》にぎらついた印象は与えないけど、あれで結構、野心家だからね」

「そんなふうには見えないがな」

「唐木は、名門私大の政経学部を出てるんですよ。その気になれば、東証一部上場の企業にも入れたはずです。わざわざ小さな会社を選んだのは、そこで早く出世したいってことなんじゃないのかな」

「なるほど」

「彼は頭の切れる男です。ちっぽけな金に目が眩《くら》んで、自ら大きな野望を潰《つぶ》すような愚か者じゃありません。だから、唐木が浮世絵を盗み出したとは思えないな」

「沙霧さんは、唐木のことをどう思ってるんだろう?」

丹治は白菜を噛《か》みながら、徳山に顔を向けた。

「おれの見たところじゃ、お嬢さんは彼に特別な感情は持ってないね」

「三村氏は、どうなのかな。唐木を娘の婿《むこ》にしてもいいと考えてるんでしょうか？」

「社長は心の中じゃ、そう思ってるかもしれないな。唐木の家庭環境は悪くないしね」

「彼の出身地は？」

「実家は静岡《しずおか》県の焼津《やいづ》にあるはずです。彼自身は、東京のマンションで暮らしてますけどね」

「そう」

「別に彼の悪口を言う気はないけど、社長はお嬢さんを唐木と結婚させないほうがいいと思うな。彼は、ちょっと無節操《むせっそう》なところがあるからね」

徳山が少し顔をしかめた。

「無節操？」

「ええ。お嬢さんに好意を持ってることは間違いないと思うんだけど、奥さんにも少し気があるようなんだ」

「その話、もっと詳しく話してもらえないかな」

「ここだけの話にしてもらいたいんだけど、半年ぐらい前、おれ、偶然に見ちゃったんだよね。唐木と奥さんが庭の植え込みの陰で短いキスをしてるのをさ」

「弥生夫人は結婚するまで、三村氏の秘書をしてたんでしょ?」

丹治は確かめた。

「うん、そう。そのころ、唐木は特許管理の仕事をしてたんですよ」

「二人は同じ職場で働いてたのか。その当時から、二人は密《ひそ》かにつき合ってたんですかね?」

「それはないと思うな。社員が大勢いるわけじゃないから、誰かが職場で恋仲になれば、すぐにわかっちゃいますよ。それに、弥生さんには彼氏がいたみたいだったしね」

「どんな相手だったんです?」

「そこまではわからないけど、週に一、二度、男から電話がかかってきてたようですよ。もっとも社長と結婚する一年ぐらい前からは、その電話もかかってこなくなったって話だけどね」

「あれだけの美人なんだから、結婚前に男のひとりや二人いたって、別に不思議じゃないな」

「奥さんは綺麗《きれい》なだけじゃなくて、気立ても優しいんだ。どんな男も心惹《ひ》かれるんじゃないかな。おれだって、奥さんのことはいい女だなって思うもんね。もちろん、手の届く女性じゃないけどさ」

徳山が哀《かな》しげに笑い、コップを空けた。

「弥生夫人は、三村氏のどこに惚《ほ》れたんだろうか。二十五歳も年齢差があるって話でしょ？」

「社長は少しわがままな面があるけど、インテリで包容力《ほうようりょく》があるからね。おまけに、大変な資産家だ。おれなんかと違って、女性に好かれる要素を全部兼ね備《そな》えてる。だから、奥さんも年齢の開きなんか気にならなかったんでしょう」

「そうなんだろうな。あれだけ年齢差があると、口さがない連中は財産目当ての結婚だろうなんて言いそうだからね」

「奥さんは、そんな打算的な女じゃないよ」

「ただ、唐木との関係が気になるな」

「おおかた唐木が言い寄って、奥さんの気持ちを惑《まど》わせたんでしょう。若い男は、やっぱり輝いて見えるだろうからね。だけど、奥さんはもう唐木なんか相手にしてないんじゃないかな」

「そうですかね。ところで、唐木の住所はわかります？」

丹治は問いかけた。

「わかりますよ。でも、彼は無関係だと思うな」

「浮世絵の件だけじゃなく、ちょっと訊きたいこともあるんですよ。しかし、会社のほうに訪ねるのは、ちょっとまずいでしょ？」

「そうだね」

　徳山が立ち上がって、カラーボックスに歩み寄った。年賀状の束を手にし、すぐに戻ってくる。

　唐木の賀状は、下の方にあった。丹治は唐木の住所を手帳に控えた。大田《おおた》区の北千束《きたせんぞく》だった。

「いまは、音大に通ってる妹がマンションに同居してるって話だったな。これから、彼のマンションに？」

「そう遠くないから、行ってみますよ。どうもご迷惑をかけました」

　丹治は腰を上げ、玄関に向かった。

　車に乗り込むとき、時刻を確かめた。九時を少し回ったばかりだった。

　環八通りから中原《なかはら》街道に出て、五反田《ごたんだ》方面に向かう。
　五、六分走ると、環七通りにぶつかった。長原《ながはら》交差点だ。左折し、東急大井町《おおいまち》線の北千束駅の脇《わき》を抜ける。
　唐木の借りているマンションは、北千束駅と大岡山《おおおかやま》駅のほぼ中間地点にあった。

　白っぽいタイル張《ば》りの建物だった。九階建てだ。

　丹治は車をマンションの際《きわ》に停めた。

　ヘッドライトを消そうとしたとき、前方から暗緑色のマツダのロードスターがやってきた。ライトの光が運転席を照らした。ステアリングを握っているのは、浦上かすみだった。

三村将史の愛人だ。かすみの横にいるのは、なんと唐木だった。

丹治は急いでライトを消した。

ロードスターが停止する。マンションの少し先の暗がりだった。

唐木がかすみを引き寄せ、顔を重ねた。

かすみは、くちづけを拒《こば》まなかった。別れのキスは短かった。

唐木が車を降りた。かすみが軽く手を振り、ロードスターを走らせはじめた。唐木はマンションの表玄関に消えた。

——おとなしそうな顔して、唐木も結構やるじゃないか。妹が同居してるらしいから、奴の部屋に押し入るわけにはいかないな。

丹治はライトを点け、大急ぎで車首を変えた。

かすみの車は、かなり遠のいていた。丹治は加速した。

ロードスターは信号に引っかかっていた。三台の車が間に入っている。尾行には、都合のいい車間距離だった。

信号が変わった。

ロードスターが発進した。後続の車が流れはじめた。

丹治は追った。

かすみの車は環七通りを進み、駒沢《こまざわ》陸橋を右に曲がった。駒沢通りをしばらく走り、渋谷橋《しぶやばし》で明治通りを突っ切った。南青山の自宅マンションに戻るらしい。

六本木を通り、青山通りを横切った。いつの間にか、車間の車は消えてた。二十数メートルしか離れていない。だが、かすみが追尾に気づいた様子はなかった。

やがて、ロードスターはガレージの前に達した。

シャッターが降りていた。かすみがリモート・コントローラーを操作した。シャッターが上がりはじめた。

丹治は自分の車を静かにロードスターの後方に回した。

かすみの車がスロープを下《くだ》っていく。丹治もすかさず続いた。もたもたしていたら、シャッターが閉まってしまう。なんとか間に合った。

ロードスターは所定のスペースに入りかけていた。丹治は空いている場所に、頭から突っ込んだ。

素早く車を降りた。駐車中の高級車を回り込んで、ロードスターに接近する。

かすみがエレベーターホールに向かった。

丹治は走った。

靴音で、かすみが振り返った。ロシアン・セーブルのコートを小脇に抱えていた。

スーツはアイボリーホワイトだった。

「あら、あなたは……」

「唐木とどこで愉《たの》しんできたんだい？」

丹治は向き合うなり、そう言った。

「えっ、なんのこと？」

「しらばっくれるなって。おれは、きみと唐木が車の中でキスしたのを見てるんだ。北千東の唐木のマンションのそばでな」

「なら、空とぼけても意味ないわね」

かすみが開き直り、歪《ゆが》んだ笑みを拡《ひろ》げた。

「パトロンの目を盗んで、摘《つま》み喰《ぐ》いってわけか」

「こっちが摘み喰いされたのよ」

「まさか⁉」

「ほんとだって。こんなとこで立ち話もなんだから、わたしの部屋に来ない？　コーヒーぐらい淹《い》れるわよ」

「お供しよう」

丹治は、かすみを先に歩かせた。

エレベーターで六階に上がる。部屋に入ると、セントラルヒーティングが自動的に作動しはじめた。

二人は居間に入った。十五畳ほどの広さだった。

かすみが毛皮のコートを長椅子《ながいす》に投げ落とし、にこやかに言った。

「コーヒーよりも、お酒のほうがいいわね。シングルモルトのおいしいスコッチがあるの」

「どっちでも結構だ。唐木とのことを説明してもらおうか」

丹治は居間の中央に立ったままだった。

「唐木って、意外に悪党《ワル》なのよ。パパの忠実な秘書っぽく振る舞ってるけど、わたしを脅迫してきたんだから」

「脅迫?」

「ええ、そう。パパとわたしのことを三村の家の者たちに知られたくなかったら、おれともつき合えって」

「脅されたのは、いつなんだ?」

「去年の九月の末だったわ。わたし、前はパーティー・コンパニオンだったの。いまの楽な生活を失いたくなかったから、唐木の予約したホテルに行っちゃったのよ。でも、それが間違いの因《もと》だったのよね」

かすみが他人事《ひとごと》のように言って、大きく肩を竦《すく》めた。

「唐木はその後も弱みをちらつかせて、きみを抱いたわけか」

「そうなのよ。月に二、三回は、ホテルに呼び出されたわね。酔っ払って、ここに押しかけてきたことも何度かあったわ」

「今夜もホテルに呼びつけられたんだな？」

「ううん、今夜はホテルでディナーショーを愉《たの》しんできただけよ。あいつ、部屋を取るって言ったんだけど、うまく切り抜けたの。急に生理になっちゃったって、嘘《うそ》ついてね。今夜は、なんとなく唐木とつき合いたくない気分だったのよ」

「どうする気なんだ？」

　丹治は、かすみが危なっかしく思えた。

「唐木のこと？」

「ああ。このまま、あの男の言いなりになるつもりなのか？」

「なんとかしなくちゃとは思うんだけど、いい考えが浮かばないのよ」

「早目に手を切ったほうがいいな。パトロンにバレたら、きみはバンケット嬢に逆戻りだぜ」

「あなた、何か唐木の弱みを摑《つか》んでくれない？　きっと彼は何か悪さをしてるにちがいないわ」

「おれは便利屋じゃないんだ。断る」

「冷たいのね」

かすみが拗《す》ねた口調で言った。

「妙なことを訊くが、唐木は数カ月前まで柑橘系のヘアトニックを使ってなかったか?」

「使ってたわよ。でも、わたしが匂いがきつすぎるって言ったら、無香性の整髪料に変えたみたい。いまは、頭が痛くなるような匂いはしないから」

「最近、唐木の金回りがよくなったなんてことは?」

「そういうことはないわね。あいつ、ホテル代は払うけど、飲んだり食べたりするお金は、いつもわたしに払わせてるぐらいだもの」

「唐木が古美術のことを話題にしたことは?」

丹治は畳みかけた。

「一度もないわ。いつも音楽や映画の話ばかりね。たまにエッチな話はするけど」

「そうか」

「ちょっと着替えさせて。コルセットがきつくて、とっても苦しいの」

かすみが言った。

丹治は無言でうなずき、ソファに腰を沈めた。かすみがにっこり笑い、寝室に急いだ。丹治はセブンスターに火を点けた。

唐木の大胆な行動は、いったい何を意味するのか。沙霧の愛を得られないと判断し、捨て鉢になったのだろうか。

それで弥生に言い寄り、さらに三村の愛人の体を弄《もてあそ》ぶ気になったのか。そこまで開き直ったのだとしたら、三村の金や古美術品を狙《ねら》うかもしれない。

身代金を誘拐犯グループに届けに行くとき、唐木は黒いスカイラインでボルボを追《つい》尾《び》してきた。単に弥生の命《めい》に従っただけなのか。自分でそう仕向けて、こちらの動きを探《さぐ》っていたとも考えられなくもない。

浮世絵も贋作《がんさく》と知らずに、唐木が盗み出したのか。そして徳山の犯行に見せかけるため、三村の書斎に柑橘系のヘアトニックを何滴か床に撒《ま》いたのだろうか。

煙草の火を消し、ソファから立ち上がる。

丹治は室内を歩き回りながら、さらに推理を巡らせてみた。しかし、結論は出なかった。

背後で、かすかな足音が響いた。

丹治は体ごと振り向いた。裸身の透《す》ける黒いネグリジェをまとった浦上かすみが、ゆっくりと近づいてくる。

歩《ほ》を運ぶたびに、豊満な乳房がゆさゆさと揺れた。短冊《たんざく》の形に繁《しげ》った陰毛がなまめかしい。

「なんの真似《まね》なんだ？」

「唐木とのこと、パパには秘密にしておいてほしいの」

かすみが立ち止まって、甘く囁《ささや》いた。丹治は低く呟《つぶや》いた。

「体で口止め料を払うってわけか」

「ね、抱いて……」

かすみは黒いネグリジェを脱ぎ捨てると、爪先《つまさき》立った。丹治は、かすみのセクシーな唇に人差し指を押し当てた。

「少し前に、この唇で唐木のペニスをくわえたんだろ？」

「今夜は唐木とは寝てないって言ったでしょ？　信じられない？」

かすみが両膝《りょうひざ》を床に落とし、丹治の股間《こかん》に頬擦《ほおず》りした。

丹治の体は、にわかに反応してしまった。かすみが素早くファスナーを引き下ろし、昂《たか》まりかけている性器を摑み出した。手馴《てな》れた感じだった。

丹治は含まれた。生温かい舌が心地よい。

かすみの舌技は抜群だった。緩急《かんきゅう》を心得ていた。急激に欲望が猛《たけ》った。

丹治は据《す》え膳《ぜん》を喰う気になった。

両手でかすみの頭を押さえ、腰を躍動させた。強烈なイマラチオをつづけていると、かすみの舌はほとんど動かなくなった。

呻《うめ》き声が切れぎれに洩《も》れた。

突き出した尻《ヒップ》がエロティックだった。くびれたウエストも悩ましい。

丹治はスラストを速めた。かすみが喉《のど》を詰まらせた。丹治は腰を引き、分身を抜いた。

「ああ、苦しかった。でも、すっごい量感！　少しは舌を使わせてちょうだい」

かすみが紗《しゃ》のかかったような瞳《ひとみ》で言い、ふたたび丹治を呑《の》み込もうとした。

丹治はそれを手で制し、かすみを立たせた。

ミニサイクルに似た美容機器のハンドルにかすみを摑まらせ、肉感的なヒップを抱え込む。かすみが尻を大きく突き出した。

丹治は合わせ目を搔《か》き分け、一気に分身を埋め込んだ。

わずかに押し返してくるような感覚があったが、かすみの体は乾いているわけではなかった。男を蕩《とろ》かすような構造の持ち主だった。思わず口許が綻《ほころ》んだ。

丹治は思いがけない拾いものをした気分になった。

片手でラバーボールのような乳房を交互に揉《も》み、片手で痼《しこ》ったクリトリスを愛撫《あいぶ》する。そうしながら、律動を刻みはじめた。
六、七度浅く突き、深いブロウを放つ。
そのリズムパターンの合間に、微妙な捻りも加えた。数分過ぎると、かすみはマシーンのように腰を振りはじめた。淫《みだ》らな声は際限《さいげん》なく発せられた。たっぷり煽《あお》られた。

丹治はゴールに向かって疾走しはじめた。

2

抜き足で忍び寄った。

唐木の背後だった。振り向く様子はない。

丹治は大きく跳躍した。思うさま唐木の背中を蹴《け》る。跳び蹴りだ。

唐木の体が泳いだ。

喫《す》いかけの煙草も舞った。唐木は大きく突んのめって、頭から転がった。

巨大なインテリジェントビルの前の広場だった。

人影はない。港《みなと》区港南《こうなん》の新オフィス街の一画だ。すぐ近くに天王洲《てんのうず》公園がある。

京浜《けいひん》運河の斜め向こうは、大井《おおい》埠頭《ふとう》だった。その先に、羽田《はねだ》空港新ターミナルビルの灯火がきらめいている。午後九時近かった。

「いくら待っても、浦上かすみは来ないぜ」

丹治は唐木に歩み寄った。

「あなたが彼女に電話させて、ぼくをここに誘《おび》き出したのか⁉」

「そういうことだ」

「なぜ？　どうして、こんなことをするんですっ」

唐木が上半身を起こし、後頭部をさすった。

「かすみは何もかも喋《しゃべ》ったぜ。薄汚《うすぎたね》え野郎だ」

「ぼくは、あの女に誘惑されたんです。かすみは色情狂なんだ。男なしじゃ、生きられない女なんですよ」

「誘惑されただと？　ふざけんな」

丹治は、唐木の顎《あご》を軽く蹴り上げた。

唐木が仰向《あおむ》けに引っくり返った。死んだ蛙《かえる》のような恰好《かっこう》だった。

「てめえだけ、いい子になろうってのか。おれは、そういう奴は大っ嫌いなんだ。半殺しにしてやるか」

「ま、待ってくれ。冷静に話し合いましょうよ」

唐木がのろのろと立ち上がった。

「話し合い？　笑わせるなっ」

「どうか社長には言わないでください。かすみを脅して寝盗《と》ったことは事実です。あいつ、なんかセクシーだから、つい自制心を抑《おさ》えられなくなっちゃったんですよ。だけど、本気で社長の奥さんや沙霧さんに告げ口する気なんかありませんでした」

「告げ口したくたって、できねえよな。おまえにも弱みがあるわけだから」

丹治は片目を眇《すが》めた。

「それはそうですけど」

「もう浦上かすみにまつわりつくな」

「はい、二度と近づきません。お約束します」

唐木が神妙に答え、コートの襟を掻き合わせた。

冷え込みが厳しかった。丹治もスエードジャケットの襟を立てた。

「もう帰ってもいいでしょ？」

「そう慌《あわ》てるなって。おまえ、弥生夫人にも言い寄ったなっ」

「そんなこと……」

「そっちはキスが好きらしいな。三村邸の植え込みの陰で、社長夫人と唇を合わせた覚えがあるはずだ」

「奥さんとは、なんでもありませんよ。もちろん、キスなんかしてません」

「そっちがそう言い張るなら、奥さんに確かめてみるほかないな」

唐木が強く否定した。

「そ、そんなこと、やめてください。一度だけ、社長の自宅の庭でキスをしたことがあります。ぼくが強引に奥さんを抱きしめて、唇を奪ったんです。弥生さん、いいえ、社長夫人にはなんの落ち度もないんですよ」

「奥さんをむきになって庇《かば》うところを見ると、そっちは彼女に気があるな。そうなんだろ？」

丹治は問いかけ、セブンスターに火を点けた。

「独身時代の彼女に、ちょっと憧《あこが》れてただけですよ。好意は持ってましたけど、恋愛感情じゃなかったんです。だから、社長と結婚したときも別にショックではありませんでした」

「話に矛盾があるな。それなのに、なんで奥さんと急にキスしたくなったんだ？　未練を断ち切れなかったんじゃないのかっ」

「違いますよ。ただ、色香に一瞬惑《まど》わされてしまったんです」

唐木が言い訳して、モノレール駅の方に目をやった。

早く自分のマンションに帰りたいのだろう。通勤に車は使っていないようだ。

「三村沙霧のことは、どう想《おも》ってるんだ？」

「とても好きです。でも、ぼくは彼女の好みのタイプじゃないようなんです」

「想いを打ち明けたことは？」

「何度か交際を申し込んだんですけど、やんわりと断られてしまいました」

「彼女は本能的に、おまえの気持ちに不純なものが混《ま》じってるのを感じ取ったんだろう」

丹治は喫《す》いさしの煙草を捨て、靴の底で踏みつけた。

「不純なものって?」

「おまえは三村家の財産を狙ってるんじゃないのか?」

「いくらなんでも失礼でしょ! ぼくは、そんな男じゃありません。純粋な気持ちで沙霧さんに魅《み》せられたんです」

「純情ぶるなよ、小悪党!」

「………」

唐木は悔しそうな顔つきになったが、何も言わなかった。

「ところで、最近、三村氏の書斎に入ったことは?」

「ありませんよ。いったい、何なんです?」

「三村氏所蔵《しょぞう》の浮世絵が盗まれたこと、誰かから聞いたか?」

「そのことは奥さんから聞きましたけど」

「いつ?」

「浮世絵が消えた日です。寿司をご馳走《ちそう》になってるとき、奥さんが話してくれたんですよ」

「三村氏が『風雅堂』の粕谷と浮世絵の真贋《しんがん》を巡って裁判で争ってることは当然、知ってるよな?」

丹治は唐木を見据えた。

「ええ、知ってますよ。浮世絵とぼくは、どう結びついてるんです？」

「あの日、おまえは応接間に顔を出す前に、こっそり二階の書斎に上がったんじゃないのかっ」

「そういう言われ方は、心外だな。まるで浮世絵を盗んだのが、このぼくだと疑ってかかってるようじゃないですかっ」

唐木が口を尖《とが》らせた。

「どうなんだ？」

「ぼくは二階になんか行ってませんよ。第一、浮世絵が書斎にあることも知らなかったんです。そんな人間が浮世絵を盗めるわけないでしょ！」

「弥生夫人とおれが書斎に入ったとき、ヘアトニックの残り香が籠《こ》もってた。おまえが数カ月前まで使ってた整髪料と同じものだ」

「あのトニックは別に珍しいもんじゃないでしょう。そうだ、あれを使ってる男がいますよ」

「知ってるよ。徳山一憲だな？」

丹治は先回りして、そう言った。

「そうです。疑うんだったら、徳山さんから調べてみたら、どうなんです？」

「もう調べたよ。彼はシロだな」

「ぼくだって、かれこれ三カ月ほど、あの整髪料は使ってませんよ。不愉快です。帰らせてもらいますっ」

唐木が腹を立て、大股で歩み去った。

丹治は呼びとめなかった。反対側に歩き、広場から出る。

——あの怒り方は演技じゃなさそうだ。誰かが徳山か唐木のどちらかを泥棒に見せかけるために、三村の書斎にへアトニックをわざと撒《ま》いたらしいな。

丹治は自分のジャガーに走り寄った。

すると、前に駐《と》めてある白いクラウンが金属的な音を発していた。バッテリーが上がってしまったらしい。かつて自分も人里離れた場所で、同じ体験をしたことがあった。同情が湧《わ》いた。

丹治は充電させてやる気になって、クラウンに近づいた。

運転席には、若い女が坐っていた。二十代の半《なか》ばだろう。

丹治はウインドーシールドを軽くノックした。

女が振り向いた。中性的な顔立ちで、いくらか頰がこけていた。パワーウインドーが下げられた。

「バッテリーが上がっちゃったようだね」

「そうなんですか。メカに弱くって、わたし、よくわからないんです」

「トランクルームに、チャージケーブルは？」

丹治は問いかけた。

「入ってると思います」

「なら、おれの車からチャージするといい」

「困ったな。わたし、充電の仕方がわからないんですよ」

「それじゃ、おれがやってやろう。チャージケーブルを出してくれないか」

「はい」

女がトランクリッドのオープナーを引き、すぐに車を降りた。きびきびとした動作だった。体も引き締まっている。何かスポーツで鍛《きた》え上げた体に見えた。

「チャージケーブルって、これでしょ？」

女がトランクルームに半身を入れた。

丹治は女の横に立ち、トランクルームの中を覗《のぞ》き込んだ。女が手にしているのは、白い樹脂製のバンドだった。

「そいつは、タイラップという商品名の結束バンドだよ」

「結束バンドって？」

女が訊き返した。

「電線や工具を束《たば》ねるバンドさ。そいつで縛《しば》ると、針金みたいに緩《ゆる》まないんだ。だから、アメリカのポリ公はタイラップを手錠代わりに使ってる」

「そうなの。この車、弟のものなんです」

「ほら、チャージケーブルは奥にあるじゃないか」

「あなたにお任せしたほうがよさそうね。やっていただけます？」

「いいよ。それじゃ、後ろに退《さ》がっててくれ」

丹治は女を横に押しやり、トランクルームに上半身を突っ込んだ。

ケーブルを摑み上げたとき、背中に何かが落ちてきた。筋肉に痛みが走った。トランクリッドだった。

女が全身でトランクリッドを押さえつけながら、膝蹴りを放ってきた。

丹治は腰、尾骶骨《びていこつ》、左右の内腿《うちもも》と四度、蹴られた。いずれも鋭い蹴りだった。

「なんの真似なんだっ」

丹治は背中でリッドを押し上げた。

少しだけ浮いた。丹治は、一気に上体を起こそうとした。

だが、起こせなかった。ふたたびトランクリッドが背を嚙んだ。

すぐに押さえつけられた。渾身《こんしん》の力だった。女の力とは思えない。

丹治は、もがいた。

リッドはわずかに持ち上がっただけだった。丹治は足で応戦した。しかし、どれも躱《かわ》されてしまった。

——とんでもねえ女がいたもんだ。

丹治は、軽いたじろぎを覚えた。

まったく目が見えない。これ以上、無防備な恰好はない。女は敵の一味だろう。

丹治は膕《ひかがみ》を蹴られた。膝頭の真裏《まうら》だ。

膝が折れた。膝頭を車体に打ちつけてしまった。かなり痛かった。

女は二度ずつ、交互に膕を蹴った。容赦のない蹴り方だった。

腰が砕《くだ》けた。丹治は尻が落ちそうになった。懸命に踏んばる。

女が両方の踵《かかと》を蹴った。ついに耐えられなくなった。丹治は両膝をついてしまった。

視界の端に、撥《は》ね上がるリッドが見えた。

ほとんど同時に、女の肘《ひじ》が垂直に落下してきた。

丹治は呻いた。頭頂部に、落とし遠臂《えんぴ》打ちを浴びせられたのだ。空手の打ち技《わざ》の一つだった。

別名、肘当てとも呼ばれている。手刀《しゅとう》打ちや背刀《はいとう》打ちよりも、はるかにパワーがあった。

しかも、前遠臂打《まえ》ち、横遠臂打《よこ》ち、縦遠臂打《たて》ち、後《うし》ろ遠臂打ち、振り遠臂打ちと応用が利《き》く。つまり、どんな急所も狙えるわけだ。

丹治は頭を垂れた。すると、今度は頸部《けいぶ》を打たれた。

その次は背中だった。三度の肘当ては、ほとんど連続打ちと言ってもよかった。

丹治は前のめりに倒れた。

女が屈《かが》んだ。丹治は両方の足首を掬《すく》われた。

両足首に何かが巻きつけられた。結束バンドだった。

「なんのつもりなんだっ」

「お黙り！」

女が屈《かが》んだまま、片脚を躍《おど》らせた。

蹴りは、体を捩《よじ》った丹治の脇腹に入った。そのとたん、内臓が引っくり返った。丹治は俯《うつぶ》せになって、長く呻いた。

「女だと思って、油断するもんじゃないわ。この世には、男より強い女だっているんだから」

「何者なんだ？」

「わたしの仲間が忠告したはずよ」

「仲間って、眉《まゆ》の薄い野郎か？」

「あんまり大きな声で眉のことを言うと、あんた、彼に殺されるわよ。眉が薄いことをとても気にしてるから」

女が丹治の頭をサッカーボールのように蹴り、遠ざかっていった。

丹治は顔を上げた。

すぐ近くに、ステーションワゴンが停まっていた。助手席に、サンボの使い手がいた。運転席に坐っているのは、ボマージャケットの男だった。

空手を心得ている女が後部座席に乗り込んだ。ドアが閉まった。

「待ちやがれ！」

丹治は鰐《わに》のように這《は》った。われながら、惨《みじ》めな恰好だった。

ステーションワゴンが走りだした。

丹治は上体を起こし、タイラップを手早くほどいた。立ち上がったときには、もう敵の車は見えなかった。ナンバーを見るだけの余裕はなかった。

まだ間に合うかもしれない。

丹治は自分の車に飛び乗った。

あたり一帯を走り回ってみたが、ステーションワゴンはついに見つけ出せなかった。

置きざりにされたクラウンは、どうせ盗難車だろう。

――女にまで痛めつけられるとは、おれもヤキが回ったもんだ。

丹治は自嘲し、車を自宅マンションに向けた。

山手通りに入って、下目黒まで進んだ。

それから間もなく、携帯電話が鳴った。弥生からの電話だった。

「きょう、ちょっと怖い思いをしたんです」

「何があったんです？」

「午後三時ごろ、沙霧ちゃん、いいえ、娘と一緒に新宿《しんじゅく》の丸越《まるこし》デパートに買物に出かけたんですけど、駐車場で不審な二人組にわたしたち、拉致《らち》されそうになったんです」

「どんな奴らでした？」

丹治は訊いた。

「ボマージャケットを着たチンピラ風の男と体の大きな男でした。大柄な男は眉が薄くて、片方の耳が潰《つぶ》れてました」

「そいつらは、『風雅堂』の帰りにわたしを襲った奴らですよ。おそらく二人は、あなたたちを誘拐しようとしたんでしょう」

「ええっ。それじゃ、あの人たちが主人を誘拐したんでしょうか？」

「その可能性はありますね。ひょっとしたら、奴らが誰かを使って浮世絵を盗み出させたのかもしれません」

「でも、浮世絵は粕谷さんが……」

　弥生は、さすがに言葉を濁した。

「こっちも最初は粕谷が誰かに絵を盗ませたと睨《にら》んでたんですが、それを裏付けるものが何も出てこなかったんですよ」

「そうなんですか」

「まだ断定的なことは言えませんが、何者かが粕谷の仕業《しわざ》に見せかける工作をした疑いが濃くなってきたんですよ。粕谷自身は、盗難事件には関与してないと言い張ってます」

「浮世絵のことと主人の誘拐がつながっているのかどうかわかりませんけど、なんだか複雑なからくりがあるようですわね」

「ええ。あなたも沙霧さんも、しばらく外出を控えたほうがいいな」

　丹治は終了キーを押した。

　その直後、ふたたび携帯電話の着信音が響いた。今度の発信者は岩城だった。

「新橋のビルオーナーのおっさんの件は、もう片がついたよ」

「極友会が、よくあっさり引き退《さ》がったな」

「おっさんを揺さぶってたのは、元極友会の人間だったんだよ。そいつは極友会の一次団体の幹部だったんだけどさ、一年前に破門されちまったんだ」

「なんて奴なんだ？」

　丹治は問いかけた。

「遠山澄夫《とおやますみお》。いまは明光興産《めいこう》って不動産会社の社長をやってる。遠山は現役の筋者《すじもん》の振りをして、テナントビルを安く買い漁《あさ》ってるみてえだな。社員を十何人か使ってるんだけど、全員、極友会を破門された連中なんだ」

「よくすんなり話がついたな」

「遠山にちょっとした貸しがあったんだよ。あの男が現役組員のころ、債権の取り立《キリトリ》てを手伝ってやったことがあるんだ。で、おれの知り合いのおっさんのビルには手を出さないって約束させたのさ」

「脅しの種《ネタ》にされた写真は？」

「もちろん、回収したよ。それから、厄介な性病をうつされた息子の治療代も三百万出させた」

　岩城が幾らか得意気に言った。

「やるじゃないか。それじゃ、少しは謝礼を貰《もら》えたんだ？」

「旦那《だんな》、見損なってもらっちゃ困るな。どんなに貧乏してたって、おれは恩義のある人間から銭なんか貰わねえよ」

「痩《や》せ我慢《がまん》しやがって。半分、喉《のど》から手が出てたんだろ？」

「当たり！　あと一回、納めてくれって言われてたら、五十万入りの封筒を鷲摑《わしづか》みにしてたと思うよ」

「惜しかったな、岩」

「まあ、いいさ。そりゃそうと、旦那の仕事はどうなの？」

元レスラーが訊いた。

「もう少し時間がかかりそうだな」

「いい日当はずんでくれりゃ、いつでも助《ス》けるよ」

「一丁前のことを言いやがって。小便して寝ろ」

丹治は電話を切って、徐々にスピードを上げはじめた。

3

いい店だった。

ゴージャスな造りだが、けばけばしくはない。銀座でも五指に入る高級クラブだった。

丹治は黒のチェスターコートを脱いだ。

ダブルだった。アルパカとカシミアの混紡《こんぼう》だ。安くはない。三十八万円で買ったコートだ。

若い黒服が丹治のコートを恭《うやうや》しく受け取り、クロークに向かった。

「どうぞこちらに」

フロアマネージャーが案内に立った。

丹治は店の奥に進んだ。スーツは、チェスターバリーだった。最高級品である。気《き》後《おく》れする必要はないだろう。

三村将史から電話がかかってきたのは、きょうの正午過ぎだった。

そのとき、丹治はまだベッドの中にいた。前夜は女空手使いに痛めつけられたことが癪《しゃく》で、なかなか寝つかれなかったのだ。

三村は、相談に乗ってほしいことがあると言った。そして、銀座の高級クラブを指定したのである。

約束の時間は午後八時だった。

いまは五分前だ。しかし、すでに三村は店にいた。

フロアマネージャーが足を止めた。

奥の席だった。三村は六人のホステスに取り囲まれ、ブランデーを傾けている。卓上には、ルイ十三世のボトルが載《の》っていた。

「お呼びたてしまして、申し訳ありません」

三村が中腰になった。

ママらしい和服姿の女が、五人の女たちに目配せした。女たちは丹治に会釈《えしゃく》し、クロークに近い席に移っていった。

揃《そろ》って美人だった。しかし、ホステスたちは一様《いちよう》に倦怠感《けんたいかん》めいたものを漂わせていた。華《はな》やかな夜の世界で生きながらも、内面には人生の澱《おり》を溜《た》めているにちがいない。瞳に輝きがなかった。

客は三村だけだった。

時刻が早いせいなのか。あるいは不景気で、社用族の足が遠のいてしまったのだろうか。多分、後者だろう。

丹治は席についた。

ママが挨拶《あいさつ》にやってきて、好みの酒を訊《き》いた。丹治は、ブッカーズの水割りを注文した。

バーボン・ウイスキーだ。ワイルドターキーよりは高かったが、三村の飲んでいるブランデーよりは、はるかに安い。

待つほどもなく、バーボン・ウイスキーの水割りが運ばれてきた。

ママやホステスたちは、離れた席で控え目に談笑していた。

「ご相談というのは？」

丹治はグラスに口をつけてから、低く問いかけた。

「仕事柄、あなたは裏社会にもお知り合いがいるんじゃありませんか？」

「やくざに強請《ゆす》られたんですね？」

「ええ、まあ」

三村が暗い顔になった。

「恐喝《カツアゲ》の種《ネタ》はなんだったんです？」

「お恥ずかしい話ですが、わたし、ある女性の面倒を見てるんですよ」

「そうなんですか」

丹治は空とぼけた。

脳裏に、浦上かすみの揺れるヒップが浮かんだ。いい肉体《ボディー》だった。

「その女との関係を柄の悪い連中に知られてしまったんです」

「余計なことですが、ご夫婦仲がしっくりいってないんですか？」

「いいえ、そんなことはありません。ただ、夜のことで少し味気ない面があるもんで
……」

「意外だな。奥さんは、とても妖艶《ようえん》な感じですがね」

丹治は言って、煙草をくわえた。

「こちらの求めることには応じてくれるんですが、情感が足りないんですよ。そんな

ことで、つい外に女を囲うことになってしまったわけです。われながら、みっともない話だとは思いますがね」

「脅された経緯を聞かせてください」

「きのうの午後、二人の男が会社に訪ねてきて、浦上かすみ、いえ、交際中の女のことをいきなり口にしたんです。彼女と一緒に撮《と》られた写真も見せられました。その写真は、マンションの地下駐車場で隠し撮りされたものでした」

「その二人は、どこの組の者だったんです？」

「極友会という名を何度か口にしました。しかし、片一方の男が差し出した名前には明光興産という不動産関係の会社名だけが印刷されてました。おそらく極友会の企業舎弟《フロント》なんでしょう」

「その会社の社長は、もう極友会の人間じゃありません。わたし自身は一面識もないんですが、遠山澄夫という社長は一年ほど前に極友会を破門されたはずです。親しい友人からの情報ですから、それは確かだと思います」

「それじゃ、もう組員ではないわけですか」

三村が、いくらか安堵《あんど》した表情になった。

「ええ。名刺を出した奴の名前は？」

「辻光司《つじこうじ》です。肩書は営業部次長となってました。口髭《くちひげ》を生やしてましたが、まだ三十歳前後でしょう」

「そいつ、腿《もも》に怪我をしてませんでした？」

丹治は煙草の火を消した。

「そういえば、片方の脚を少し引きずってましたね。腿のあたりも、ガーゼか何かで盛り上がってました」

「連れの男は、どんな奴でした？」

「スキンヘッドの小柄な男です。その男は、額に生々しい傷がありました。肩も傷《いた》めてるようでした。あなた、彼らに心当たりがあるようですね」

「おそらく、その二人は世田谷公園で沙霧さんを襲った奴らでしょう」

「えっ」

三村が驚きの声をあげた。

「二人の外見の特徴から考えて、まず間違いありません。実はおれが、そいつらに怪我を負わせたんですよ」

「そうだったんですか。明光興産の連中が、わたしを拉致《らち》したんでしょうか？　オフィスに来た二人組の声には聞き覚えがないようだったが……」

「沙霧さんが二人組に尾《つ》けられたのは、あなたの失踪《しっそう》中でした。明光興産が誘拐事件に絡んでるとも考えられますね。あの事件に関わってないとしたら、連中の狙いは、あなたの所有してるテナントビルなんでしょう」

丹治は、岩城から聞いた話をかいつまんで喋った。

「他人《ひと》の弱みにつけ込んで、貸ビルを安く買い叩《たた》くなんて卑劣《ひれつ》過ぎる！」

「確かに、汚いビジネスですよね。しかし、裏社会で生きてる奴らにしては、まだ紳士的なほうですよ。一銭も払わずに、目をつけたビルを乗っ取ってるわけじゃないようですから」

「しかし、明らかに犯罪です。ビル所有者の弱みを押さえて、二束三文で買い叩くなんて……」

三村が憤《いきどお》り、ブランデーグラスを卓上に置いた。

乱暴な手つきだった。芳醇《ほうじゅん》な液体が波立ち、飛沫《ひまつ》がフルーツの盛り合わせを汚した。

「法律の向こう側で生きてる連中には、六法全書も常識も通用しません。毅然《きぜん》とした態度で臨《のぞ》むべきですよ」

「そうしたいが、暴力という手段を用《もち》いる連中です。だから、わたしは、その筋《すじ》の人間に抑《おさ》えてもらいたいと考えたわけです」

「そのお考えは危険だな。金さえ出せば、手を貸してくれる暴力団は簡単に見つかるでしょう。しかし、一件落着したら、今度はそいつらにあなたが骨の髄《ずい》までしゃぶられることになりますよ。それでもいいですか」

丹治はそう言って、水割りを呷《あお》った。

「そこまで、たかられるのは困ります。ですが、このままでは地獄です」

「肚《はら》を括《くく》ればいいんですよ。財力のある男たちが愛人を囲ってるなんて話は、たいしたスキャンダルじゃありません。醜聞《スキャンダル》が表沙汰《おもてざた》になっても、奥さんや娘さんにちょっぴり軽蔑《けいべつ》される程度で済むでしょう」

「愛人がいるという弱みだけを摑まれたんじゃないんですよ、正直に申し上げると」

三村が力なく呟き、伏し目になった。

「何か致命的なスキャンダルを握られてしまったんですね？　それは、情事の映像か何かですか？」

「ビデオテープです。女と面白半分に撮影した痴戯《ちぎ》がいろいろ映ってるんです。わたしの顔も、彼女の体も鮮明にね」

「その映像が、なぜ、明光興産の手に渡ったんです？」

「彼らは問題のビデオを持ってるような口ぶりでしたが、実際にあるのかどうかはわかりません。ただ、淫らな映像を観《み》たことは間違いないようです。プレイの内容をよく知ってましたから」

「そのビデオは、どこに保管してあったんです？」

丹治は質問した。

「愛人のマンションです。電話で確認しましたら、問題のビデオは誰かに盗まれたようだと言うんですよ。彼女が嘘をついてるとは思えません。また、あの娘《こ》が明光興産の者に渡したとも考えられませんね」

三村がブランデーグラスを持ち上げた。

――浦上かすみが空とぼけてるんじゃなきゃ、唐木がビデオを盗み出したんだろう。かすみの部屋に出入りしてたのは、三村と唐木だけみたいだからな。

丹治はキャビア・カナッペを抓《つま》み、残りの水割りを飲み干した。

「お代わりを作らせましょう」

「いいえ、もう結構です。車なんですよ。二杯目を飲んだら、後は収拾がつかなくなりそうなんでね」

「それでは無理強《むりじ》いはしません」

三村が黙り込んだ。

丹治は短い沈黙を破った。

「辻って男は、何も要求しなかったんですか？」

「ええ。帰りしなに、『今度は社長と一緒にお邪魔します。そのときは、事業のことで相談に乗ってくださいね』と言っただけでした。次に現われるとき、おそらく恥ずかしいビデオを持ってくるつもりなんでしょう」

「遠山社長や辻には、会わないほうがいいな。いったん話に応じる素振りを見せたら、なし崩しに立場が弱くなりますよ」

「しかし、突っ撥《ぱ》ねたら、スキャンダルを公《おおやけ》にされるでしょうし、さまざまな厭《いや》がらせもされるでしょう」

「それでも、相手にならないことです」

「わたしには、そうするだけの勇気はありません。丹治さん、どうかわたしを救《たす》けてください。この通りです」

三村が深々と頭を下げた。

「どこまで力になれるかわかりませんが、少し明光興産の動きを探《さぐ》ってみましょう」

「よろしくお願いします」

「辻が置いてった名刺、お持ちですか？」

丹治は訊いた。

三村が大きくうなずき、上着の内ポケットから名刺入れを取り出した。黒革の名刺入れだった。丹治は明光興産の所在地を手帳に控えた。

港区赤坂《あかさか》五丁目だった。ついでに丹治は、社長の遠山澄夫と営業部長の辻光司の名をメモしておいた。

「明光興産が何か要求してきたら、交渉人《ネゴシエーター》になっていただけませんかね」

「三村さん、まだそんな気弱《きよわ》なことを言ってるんですかっ。とことん連中を無視するんです！」

「しかし……」

「勇気を出してください。あなたが闘《たたか》ってる間に、わたしはなんとか明光興産の弱みを摑みます。それでチャラにさせましょう」

「それは名案ですね。事がうまく運んだら、成功報酬は大いに弾みます」

「そいつは楽しみだ。二百万、いや、五百万ほど弾んでいただきましょうか」

「ええ、結構ですよ。五百万で名誉が守れるなら、安いものです」

三村は、あっさりと条件を呑《の》んだ。

丹治は舌嘗《したなめず》りしたい気分だった。冗談半分に、高額の成功報酬を吹っかけてみたのである。

それから間もなく、丹治は腰を上げた。八時半を少し回っていた。

ママの営業スマイルに送られて、店を出る。

飲食店ビルの五階だった。ホステスたちの見送りを断って、丹治はひとりでエレベーターに乗り込んだ。飲食店ビルは並木通りに面していた。

銀座六丁目だった。土橋《どばし》の近くまで歩き、ジャガーに乗り込む。

飲酒運転で捕まる恐れがあったが、気にしなかった。丹治は車を発進させた。

かすみのマンションに着いたのは、九時ごろだった。

集合インターフォンで名を告げると、三村の若い愛人は嬉《うれ》しそうな声をあげた。体の相性《あいしょう》が悪くなかったせいだろう。

丹治は、かすみの部屋に急いだ。

室内に入ると、かすみが抱きついてきた。

丹治は唇を塞《ふさ》がれた。噛みつくようなキスだった。かすみは例によって、レオタード姿だった。丹治は、かすみの両腕をほどいた。

「きょうは、ちょっと訊きたいことがあって来たんだ」

「そうなの。つまんなーい」

かすみが脹《ふく》れ面《つら》を見せた。

丹治は靴を脱がなかった。部屋の奥に入ったら、かすみを組み敷くことになりそうだったからだ。

「何を知りたいの？」

かすみが玄関マットの上で、両脚を交差させた。恥丘の膨らみが強調された。

丹治は下半身から目を逸《そ》らしながら、三村と会ってからのことをつぶさに話した。

かすみは黙って聞いていた。

「情事のビデオがなくなってることに気づいたのは、いつなんだい？」

「半月ぐらい前かな。パパが来たときに話そうと思ってたんだけど、つい言い忘れちゃったのよ」

「そのころ、唐木がこの部屋に来なかった？」

丹治は訊いた。

「来たわ、来たわよ！　十五、六日ぐらい前の深夜にね。酔っ払って、わたしが欲しくなったとか言ってね」

「なくなったビデオは寝室にあったのか？」

「ええ、そうよ。キャビネットの中に、ビデオカメラと一緒に撮影済みのテープを五、六巻入れといたの」

「全部、ナニのシーンを撮《と》ったものなんだな？」

「そう。なくなったのは、ちょっと変態っぽいシーンを映したやつなの」

かすみが少し赤くなった。

「どんなシーンなんだ？」

「パパがわたしのヘアを剃《そ》ってるとことか、おしっこを顔面に浴びてるとことか……」

「毛を剃られたのは、だいぶ前なんだろ？　ちゃんと生え揃ってたからな」

丹治は笑いかけた。かすみが幾《いく》らか恥じらって、小声で言った。

「一年近く前よ、あれを撮影したのは。犯人は、きっと唐木にちがいないわ。わたしがシャワーを浴びてる隙《すき》に、こっそり盗《と》ったんだと思う」

「唐木が誰かに脅されてるような様子は？」

「特に、そういう様子はなかったわね。あいつ、あのビデオを持ち出して明光興産の奴に渡したんじゃない？」

「そうなのかもしれない。今度来るときは、朝まで眠らせないぜ。サンキュー！」

丹治は部屋を出た。

スチール・ドア越しに、かすみが引き留めた。だが、丹治は足を止めなかった。

マンションを出ると、車を北千束に走らせた。

目的地に着いたのは十時少し前だった。唐木の住むマンションの前には、救急車が停まっていた。赤い回転灯が瞬《またた》いていた。

丹治は車を降り、マンションの表玄関まで走った。

救急車の周《まわ》りには、十数人の野次馬がいた。少し待つと、ストレッチャーを押した二人の救急隊員が慌《あわ》ただしくエントランスロビーから出てきた。

横たわっているのは唐木だった。

瞼《まぶた》を閉じ、ほとんど動かない。横顔が少し唐木に似ている。同居中の妹だろうか。二十一、二歳の女が付き添っていた。

「兄さん、目を開けて！」

女がストレッチャーに取り縋《すが》って、涙声で呼びかけた。

しかし、唐木の反応はない。女の泣き声が高くなった。

救急隊員たちが唐木の妹に短い言葉をかけ、ストレッチャーを車内に入れた。

そのとき、毛布が捲《めく》れ上がった。

唐木の片方の柄ソックスは、裏返しになっていた。妹が慌てて片方だけ裏返しに靴下を穿《は》かせてしまったのか。

妹が救急車に乗り込んだ。野次馬が道の両側に散った。救急車が走り去った。

丹治はマンションの住人らしい中年女に声をかけた。

「急病人ですか？」

「はっきりしたことはわからないんだけど、どうも自殺を図ったらしいんですよ」

「そんなばかな！」

「あなた、唐木さんのお知り合いなの？」

女が訝《いぶか》しげに問いかけてきた。

「ええ、まあ。唐木さんの部屋で、人が争うような物音はしませんでした？」

「別に聞こえなかったわ」

「そうですか」

丹治は踵《きびす》を返した。

4

唐木の仮通夜だった。

弔問客《ちょうもんきゃく》は少ない。故人の同僚たち四人と三村家の家族三人の計七人だった。

唐木の自宅マンションだ。

丹治は居間の隅にいた。夜の七時過ぎだった。

間取りは2LDKで、居室《きょしつ》は振り分けになっている。唐木の遺体は、右側の和室に安置されていた。

三村が電話で唐木の訃報《ふほう》を伝えてきたのは、今朝早くだった。

昨夜、救急車に担《かつ》ぎ込まれたとき、すでに唐木の心肺は停止していたらしい。運ばれた病院で死亡が確認されたという。

臨場《りんじょう》した所轄署の刑事たちは唐木の首に延長電気コードが二重に巻かれ、鴨居《かもい》にコードを掛けた跡がくっきりと残っていたことから、最初は覚悟の首吊《くびつ》り自殺と考えたらしい。

パソコンのディスプレイにも、『人生は虚《むな》しい。無意味だ。』と遺書めいた短い文章が刻まれていたそうだ。

しかし、検視で他殺の疑いが出てきた。首吊り自殺の場合は顎《あご》の真下の部分に、縊《い》溝《こう》が深く残る。唐木の索条《さくじょう》の痕《あと》は淡かった。

そんなことで、きょうの昼間、遺体は大塚《おおつか》の東京都監察医務院で司法解剖されたわけだ。

その結果、縊死《いし》ではなく、絞頸《こうけい》による窒息死と判明した。他殺の根拠は、それだけではなかった。唐木の体には擦過傷《さっかしょう》が幾つかあった。

所轄署に捜査本部が置かれたのは数時間前だ。

「いったい誰が兄を……」

唐木の妹が床に泣き崩れた。

安奈《あんな》という名だった。私立音楽大学声楽科の四年生らしかった。洋風の名前のイメージとは異《こと》なり、やや古風な顔立ちだった。

「なんだか悪い夢を見てるようです」

沙霧が歩み寄ってきて、低く呟いた。三村夫婦は長椅子に腰かけていた。

「おれも、同じような気分だよ」

「わたし、どうしても唐木さんが殺されるほど誰かに憎まれてたとは思えないんです」

「人間は誰でも多かれ少なかれ、多面性を持ってる。一つの側面だけを見て、それで単純には判断できないんじゃないのかな」

「そうかもしれないけど……」

「現に唐木護を危険な野心家と評した人間もいる」

丹治は声を潜《ひそ》めた。すると、沙霧が小声で言った。

「確かに何か野望に燃えてるって感じはありましたね」

「話は飛ぶが、丸越デパートの駐車場で二人の男に拉致《らち》されそうになったそうだね。お継母《かあ》さんから聞いたよ」

「あのときは怖かったわ。誘拐犯グループは今度はわたしたちを人質に取って、また身代金を要求するつもりなんでしょうか？」

「そうとも考えられるし、それとは別のものが狙いなのかもしれないな」

丹治は答えた。

そのとき、安奈が泣き熄《や》んだ。弔《とむら》い客に一礼し、洗面所の方に歩いていった。

「わたし、彼女のそばにいてあげます」

沙霧がそう言い、さりげなく安奈の後を追った。心配顔だった。

丹治は、亡骸《なきがら》の安置された和室にそっと入った。

六畳間だった。蛍光灯のサークルラインは一本だけしか灯《とも》されていない。

部屋の隅は薄暗かった。

死者は蒲団《ふとん》の中にいた。夜具は新品だった。

丹治は枕許《まくらもと》に正坐した。

解剖所見によると、唐木の体内から睡眠薬の類《たぐい》は検出されなかったらしい。麻酔薬を嗅《か》がされてもいないという。犯人は、どんな方法で唐木をおとなしくさせ、彼の首に電気コードを巻きつけたのか。

突然、丹治は裏返しのソックスのことを思い出した。この季節なら、帰宅後も故人はずっと靴下を穿《は》いていたはずだ。

それが、なぜ、片方だけ裏返しになっていたのだろうか。

唐木は部屋に押し入ってきた犯人に、無理に片方のソックスを脱がされたのではないのか。殺人犯は何かをした後、裏返しにソックスを穿《は》かせたにちがいない。

丹治は故人の足許に回り込んだ。

掛け蒲団とカールマイヤーの毛布を重ねてはぐった。死人の両足が見えた。当然のことながら、素足だった。裏返しのソックスを穿いていたのは確か右足だ。

丹治は仔細《しさい》に観察した。

右の踝《くるぶし》に小さな引っ掻《か》き傷があった。足の裏の一部だけ、わずかに皮膚の色が違う。土踏まずの部分だからか。

よく見ると、茶色がかった斑点《はんてん》が散っている。火傷《やけど》の痕《あと》らしい。

——そうか、謎《なぞ》が解けたぞ。

丹治は小さく指を打ち鳴らした。

犯人は唐木の片方のソックスを脱がせ、そこに高圧電流銃《スタン・ガン》の電極棒を押し当てたにちがいない。それも一度ではなく、数度だったのだろう。

暴《あば》れていた唐木は、ついに気を失ってしまった。殺人者は素早く唐木の首に電気コードを二重に巻きつけ、力一杯に首を絞めた。そして唐木が首吊り自殺したように見せかけるため、彼を鴨居からぶら下げたのだろう。

単独の犯行ではなさそうだ。おそらく犯人は、二人以上だろう。

大筋は間違っていないはずだ。明光興産の連中が唐木に脅迫材料のビデオを浦上かすみの部屋から盗み出させ、こんな形で口を封じたのだろうか。

丹治はそこまで考え、推測に自信を失った。

かすみの言葉を信じれば、問題のビデオが消失したのは半月も前だ。

明光興産がご用済みになった唐木をすぐに始末しないのは、どう考えてもおかしい。

唐木はごく最近まで、淫《みだ》らな映像を自分の手許《てもと》に置いてあったのか。

そう考えれば、一応、話の辻褄《つじつま》は合う。

問題は唐木と明光興産の接点だ。さきほど丹治は、唐木の同僚たちにそのことを遠回しに訊いてみた。しかし、唐木が悪質なビル乗っ取りグループと関わっている疑いはなさそうだった。

だからといって、両者に繋がりがなかったとは言い切れない。唐木が同僚たちには、決して〝裏の顔〟を見せなかったとも考えられるからだ。

現に彼は三村を裏切り、浦上かすみを寝盗《と》っている。唐木が元極友会の誰かの情婦《おんな》に手を出し、悪事の片棒を担《かつ》がされる羽目《はめ》になったとも想像できる。

――どっちにしても、この男は自殺に見せかけて殺されたにちがいない。

丹治は掛け蒲団と毛布を元通りにして、ゆっくりと立ち上がった。

居間に戻ると、三村将史がソファから腰を浮かせた。丹治はたたずんだ。

「われわれ家族は、唐木君の亡骸《なきがら》と一緒に静岡の実家に行くつもりです」

「そうですか。わたしは、ここで失礼させてもらいます」

丹治は低く言って、部屋を出た。

車に乗り込む。すぐに赤坂五丁目に向かった。自分の代わりに、元プロレスラーの岩城が明光興産を張り込んでいるはずだ。日当三万円で雇ったのである。

赤坂に着いたのは、午後八時近い時刻だった。

丹治は路上を眺め渡した。明光興産のオフィスのある雑居ビルの斜め前に、メタリックブルーの外車が駐《と》まっている。

シボレー・モンテカルロだ。岩城が数カ月前に買い換えた中古の米国車だった。べビーフェイスの大男は、国産車や欧州車には決して乗ろうとしない。

広い車内に惹《ひ》かれているだけではなく、子供時代からの夢を持続させたいのだろう。岩城は幼稚園のころからアメリカ車に憧《あこが》れつづけ、いまも惚《ほ》れ抜いている。その点だけは、実に律儀《りちぎ》だった。

丹治は車を停めた。

雑居ビルの五、六メートル手前だった。

丹治は外に出た。通行人を装いながら、大股で雑居ビルの先まで歩く。

シボレーの運転席には、マリアが坐っていた。

丹治は拳《こぶし》で軽くパワーウインドーを叩いた。すぐにマリアがシールドを下げた。

「岩は？　あいつに張り込みを頼んだんだが……」

「うちの人、甘いもの食べすぎた。お腹《なか》痛くなって、マンションに帰ったの。それで、あたしがピンチヒッターになったわけ」

「新宿の店を抜け出してきたのか？」

「ううん、お店はお休みなの。店内改装でね」

「いつ、岩と交替したんだい？」

「一時間ぐらい前かな。口髭の男、オフィスに入ったきりよ」

「そうか。後は、おれが張り込むよ。こいつを岩に渡してくれないか」

丹治は懐《ふところ》から、五枚の一万円札を抜き出した。岩城の日当に少しばかり色をつけてやったのだ。

マリアが幾度も礼を言い、シボレー・モンテカルロを発進させた。ステアリングにしがみつく恰好のマリアは、やけに小さく見えた。

夜気は凍《い》てついていた。雑居ビルの前を往《ゆ》きつ戻りつしながら、長い時間を遣《や》り過ごした。車の中で張り込むことも考えたが、辻光司を取り逃がす恐れがあった。

丹治は辛抱強く待った。

ビルから口髭の男が姿を見せたのは、午後十時二十分ごろだった。辻は背広の上に、黒革のロングコートを羽織《はお》っていた。

袖《そで》に腕は通していない。ひとりだった。

丹治は体を斜めにした。

レザーブルゾンの襟を立て、顔半分を隠す。辻は片脚を庇いながら、ゆっくりと表通りに歩いていった。あたりに、人のいる気配は感じられない。

丹治は足音を殺しながら、口髭の男を追った。コンパスがだいぶ違う。ほどなく追いついた。

「怪我の具合はどうだい？」

丹治は力まかせに辻の肩を叩いた。辻が口の中で呻いて、反射的に振り向いた。

「て、てめえは！」

「世田谷公園で一緒だったスキンヘッドの若造は、残業でもしてるのか？」

丹治は右の拳《こぶし》を突き上げた。

ショートアッパーは、辻の顎に炸裂《さくれつ》した。骨が低く鳴った。辻がのけ反った。

前蹴りを見舞う。辻が体をくの字に折って、数メートル吹っ飛んだ。

丹治は走り寄った。

辻の襟首を摑んだ。そのまま、少し先の駐車場に引きずり込む。月極《つきぎめ》の青空駐車場だった。係員はいない。道路から死角になる場所まで、辻を引っ張っていった。

三方はビルに囲まれている。

丹治は屈《かが》んで、足許《あしもと》の砂利《じゃり》を掬《すく》った。辻の口を開かせ、砂利を詰め込んだ。

辻が吐き出そうとした。

丹治は顎《あご》を押さえた。辻の両方の頰が膨らんだ。片手で、レザーブルゾンのポケットから粘着テープを摑み出す。

手早く粘着テープで口を塞《ふさ》いだ。辻が喉を軋《きし》ませた。目も剝《む》いた。

丹治は冷笑した。笑いながら、左右のフックを浴びせる。

やがて、辻はぐったりとなった。粘着テープを引き剝《は》がす。砂利が次々に吐き出された。

どれも血で赤い。口の中を切ったようだ。辻は唸《うな》るだけで、反撃の素振《そぶ》りは見せなかった。

「社長の遠山は、三村のビルを安く買い叩く気なんだなっ」

丹治は声を張った。辻が嗽《うがい》をしているような声を洩らした。

「知らねえよ、おれは」

「三村のスキャンダルを提供した奴の名を言え！　おまえはスキンヘッドの相棒と三村のオフィスに押しかけて、隠し撮りをした写真を見せたはずだ」

「なんの話か見当がつかねえな」

「ビデオはどこにある？」

丹治は、辻の腹を蹴りはじめた。

辻の嘔吐物《おうとぶつ》が靴を汚したが、気にしなかった。丹治は蹴りつづけた。

「誰が脅しの種《ネタ》をおまえらに提供したんだ？」

「おれは何も知らねえと言ったじゃないか」

「唐木なのか？」

「だ、誰なんだ、そいつは？」

「とぼけてるんだったら、いい根性してるな」

丹治は辻の側頭部を蹴り込んだ。

口髭の男は百八十度近く体を回転させ、長く唸った。そのまま辻は気絶した。

——辻はシラを切りつづけたんだろうか。それとも、事実を喋ったのか。どっちかわからないな。

丹治は辻に背を向けた。

チノクロスパンツの裾《すそ》は、血と汚物で濡れていた。

第四章　嬲《なぶ》りの儀式

1

インターフォンを鳴らす。

唐木が住んでいた部屋の隣室だ。仮通夜《かりつや》の翌日の午後である。四時近かった。

丹治はネクタイの結び目を直した。濃いグレイのスーツだった。

オフホワイトのドアが開いた。

姿を見せたのは、二十七、八歳の髪の短い女だった。人妻だろう。

「日信生命の調査部の者ですが、少し話を聞かせてください」

丹治は女に偽名刺を渡した。

「なんでしょう？」

「一昨日、隣の唐木氏が亡くなりましたよね？　その件で、調査してるんですよ」

「どんなことをお調べになりたいのかしら？」

「一昨日の晩、唐木さんの部屋で人の争うような物音はしませんでした？」

「いいえ、そういう物音はしなかったわ。でも、救急車が到着する前に、エレベーターに乗ろうと通路に出たらお隣から目のきつい女の人とボマージャケットを着た二十三、四歳の男が慌《あわ》てた感じで飛び出してきましたね」

「女の特徴をもう少し詳《くわ》しく話していただけますか」

「黒いセーターに、細い黒のパンツを穿《は》いてました。少し痩《や》せた感じで、どことなく近寄りがたい雰囲気でしたね」

「動作はどうでした？」

「きびきびとしてました。スポーツウーマンという感じだったわね」

「そうですか」

丹治は短く答えた。黒ずくめの女は、おそらくあの空手使いだろう。

「それから、その二人はエレベーターホールに向かいながら、手袋を外してました」

「手袋をしてた⁉」

「ええ。女の人が布の手袋、若い男のほうは黒革の手袋を嵌《は》めてました。あっ、もしかしたら、あの二人は部屋に指紋を遺《のこ》さないよう手袋をしてたのかもしれませんね」

女がそう言い、口に手を当てた。目には、驚きと怯《おび》えの色が交錯《こうさく》していた。

「その可能性はありそうですね。その二人のほかに、どこかに眉《まゆ》の極端に薄い大柄な男がいませんでした？　片方の耳が潰《つぶ》れてて、カリフラワーのようになった奴です」

「そういう男の人は見かけなかったわ」

「あなたはその男女と同じエレベーターに乗って、一階に降りられたんですか？」

丹治は訊《き》いた。

「いいえ。わたしは別のエレベーターに乗りました。なんとなく二人が薄気味悪かったものですから」

「それじゃ、その二人がどちらの方向に消えたかはわかりませんね？」

「ええ」

女が済まなそうな顔をした。これ以上の収穫は得られないだろう。

丹治は女に礼を言って、ドアから離れた。

マンションを出る。車は近くの路上に駐《と》めてあった。

丹治は車に乗り込むと、懐から携帯電話を取り出した。手帳を見ながら、赤坂の明光興産に電話をかける。

受話器を取ったのは、若い男だった。

「はい、明光興産です」

「遠山社長に替わってくれないか」

丹治は言った。

「失礼ですが、どちらさんでしょう？」

「辻光司の友達《ダチ》だよ。きのう、辻が誰かにぶっ飛ばされたよな。そのことで、ちょっと遠山さんに教えたいことがあるんだ」

「少々、お待ちください。いま、社長と替わりますんで」

相手の声が途切れた。待つほどもなく、中年男の太い声が響いてきた。

「遠山だ。あんた、辻の友達だって？　なんて名なんだい？」

「安井です」

丹治は適当な名を使った。

「辻は誰に痛めつけられたんだ？」

「あるビルオーナーが雇った用心棒ですよ」

「そいつは、どこのどいつなんだ？　その男の名前と家《ヤサ》を教えてくれ」

「手強《てごわ》い用心棒ですぜ。仕返しなんか考えないほうがいいと思うな。それより、遠山さん、いい情報があるんですがね」

「情報？」

「ええ。おれ、テナントビルを持ってる連中の弱みをいろいろ握ってるんですよ。遠山さん、都内のビルを買い漁《あさ》ってるんでしょ？」

「買い漁ってるわけじゃない。たまたま安い掘り出し物があったから、何棟か手に入れただけだ」

遠山が言った。

「とぼけることはないでしょ。おれ、知ってるんだ。明光興産が極友会の名をちらつかせて、転売価値の高いビルを手に入れてることをね」

「てめえ、あやつける気なのかっ」

「そうじゃありませんよ。ただ、情報を買ってもらいたいだけです」

「どんな情報を持ってるってんだ？」

「いろいろあります。たとえば、『三村エンタープライズ』の三村社長の弱みとかね」

丹治は撒《ま》き餌《え》を投げた。

「三村の弱みだって？」

「そうです。その弱みをちらつかせりゃ、おそらく三村はおたくの言い値で持ちビルを二、三棟手放すんじゃないかな。おれ、遠山さんが三村の扱いに手間取ってるって噂《うわさ》を小耳に挟んだんですよ。どうです、大いに興味があるでしょ？」

「どんな情報《ネタ》を売りつける気なんだ？」

「会って直《じか》に取引したいな。情報料、百万で結構です。おれが勤めてた不動産関係の業界紙、廃刊になっちゃってね。目下《もっか》、失業中なんですよ」

「こっちに来てくれ。金は用意しておく」

遠山が小声で言った。

「社長、どこか外で会いましょうよ。それも、あまり人目のない場所がいいな」

「面倒な野郎だな。それじゃ、最近、買い取ったテナントビルが新橋四丁目にあるから、そこに来てくれ」

「なんてビルです？」

「拓信《たくしん》ビルだ。内幸町《うちさいわいちょう》の交差点から芝公園《しばこうえん》に向かって進むと、十一階建ての銀色のビルがある。そのビルの十一階で、五時に待ってるよ」

「わかりました。それじゃ、後ほど！」

丹治は電話を切った。

遠山は、三村に関する偽情報に喰《く》らいついてきた。すでに握っているスキャンダルだけでは、三村を切り崩せないと判断したのだろう。

少し早いが、丹治は車を新橋に走らせた。

目的のビルを探し当てたのは、四時半ごろだった。丹治は車を裏通りに駐《と》め、拓信ビルの周囲を歩いてみた。怪しげな人影は見当たらなかった。

指定されたビルに足を踏み入れる。テナントの大部分は、立ち退《の》かされていた。使われている事務所は数えるほどしかなかった。早晩、残っているテナントもビルから追い出されるのではないか。

テナントを抱えたままのオーナー・チェンジでは、そう高く転売できない。遠山は当然、すべてのテナントを立ち退かせる肚《はら》なのだろう。

丹治は最上階に上がった。

ワンフロアが、そっくり空き室になっていた。少し前まで、通信販売会社が借りていたらしい。カタログが何十枚か、リノリウムの床に散っている。

電話の引き込み線が剝《む》き出しになった事務所は、妙にうら悲しかった。ブラインドの向こうに、黄昏《たそがれ》が迫っていた。

丹治は部屋を出て、エレベーターホールに接した男性用トイレに入った。

水洗の具合を確かめる。水の勢いはよかった。

丹治はにやりとして、煙草に火を点けた。

一服し終えると、エレベーターの停止する音がした。耳を澄ます。足音は一つだった。

丹治は腕時計を見た。

午後四時五十七分過ぎだった。少し待ってみる。ほかの靴音は聞こえなかった。どうやら遠山は、ひとりで来たようだ。

丹治はトイレから出た。

がらんとした部屋のほぼ中央に、四十年配の男が立っていた。

紺系のスリーピースを身につけている。気障《きざ》な縁《ふち》なし眼鏡《めがね》をかけていた。眼光が鋭い。

丹治は話しかけた。

「遠山さん？」

「そうだ。金は持ってきた。早く情報を教えてくれ」

明光興産の社長が急《せ》かした。

「三村のスキャンダル写真、ちょっと別の場所にあるんですよ」

「どこにあるんだ？」

「すぐ近くです。一緒に来てください」

丹治は先に部屋を出た。

遠山が何かぶつくさ言いながら、後から従《つ》いてくる。丹治はトイレに入るなり、体を回転させた。空気が大きく躍《おど》った。右の回し蹴《げ》りは、遠山の肩を捉《とら》えた。

遠山がタイルの上に倒れた。弾《はず》みで、縁なし眼鏡が落ちた。そして、二度大きく跳《は》ねた。

丹治は前に出た。

眼鏡を踏み砕《くだ》いた。レンズの欠片《かけら》が飛び散った。フレームは無残にひしゃげた。

「てめえ、何しやがるんだっ」

遠山が喚《わめ》いた。

丹治は、遠山の頭髪を引っ摑《つか》んだ。

そのまま、大便用のブースに引きずり込む。便器は洋式だった。遠山の顔を便器の中に押し込んだ。すかさず流水レバーを動かす。

遠山がもがいた。顔面は水浸《みずびた》しになった。

「三村のビデオは、本当に持ってるのかっ」

丹治は、懐のＩＣレコーダーを作動させた。

「な、なんの話だよ？」

「おまえは、辻とスキンヘッドの男を『三村エンタープライズ』に行かせたはずだ」

「てめえ、辻の友達《ダチ》じゃねえな」

「いまごろ寝ぼけたことを言うなっ。辻は三村のスキャンダルビデオを持ってるようなロぶりだったらしいぜ。どうなんだ？」

「さあな」

遠山が返事をはぐらかした。

丹治は遠山の頭を便器の両側に交互に打ちつけはじめた。

十回までは数えた。それ以上は数えなかった。

遠山が幾度も悲鳴も放った。唸《うな》り声は断続的に洩《も》れてきた。

少し経つと、便器に血の条《すじ》が生まれた。

遠山は口の中を切っていた。血は垂れつづけた。

「自分の血だ。舐《な》めろよ」

丹治は頭を押さえつけた。

遠山が首を振って、丹治を罵《ののし》った。耳障《みみざわ》りだった。

丹治は遠山の顔面を水の溜《た》まったくぼみに近づけた。

便器に水を流す。遠山の耳は、水に隠れた。唸り声が静まった。

やがて、水音が熄《や》んだ。

丹治は、ほんの少しだけ遠山の顔を水面から離してやった。遠山は肩で呼吸をしていた。背中も波打っている。

「三村が若い女を囲ってることをどうやって調べた？」

丹治は訊いた。

「てめえ、おれを甘く見るなよ」

「便器とキスしながら、粋《いき》がっても様《さま》にならねえぜ」

「くそっ」

「便所で水死させてやろうか」

「もうやめろ！」

遠山が両腕で空《くう》を掻《か》いた。

タンクの水が溜まった。丹治は、またレバーを捻《ひね》った。水が勢いよく吐き出された。遠山の顔面を押しつける。くぐもった悲鳴がして、ほどなく声は殺《そ》がれた。水飛沫《みずしぶき》が散った。

丹治は遠山の頭を十五、六センチ引き起こし、すぐに便器に叩《たた》きつけた。便器のくぼみに溜まった水が血で真っ赤に染まった。

「半月ほど前に電話があったんだよ」

遠山が呻《うめ》きながら、観念した声で言った。

「誰から？」

「知らねえ奴だよ。男だった。含み声だったな。そいつが、三村将史と浦上かすみの関係を教えてくれたんだ」

「いくつぐらいの野郎だった？」

「そう若くはねえと思うけど、はっきりとは言えねえな。送話口にハンカチか何かを宛《あて》がってるようだったんだ」

「そいつは、かすみの住まいまで喋ったのか？」

丹治は唐木の顔を思い浮かべながら、鋭く畳みかけた。

「ああ、教えてくれたよ。で、おれは探偵社の人間に浮気の証拠写真を撮《と》らせたんだ」

「それを辻とスキンヘッドの男に持たせて、三村に脅しをかけに行かせたってわけか」

「そうだよ」

「ビデオはどうなんだ？」

「あるよ」

遠山が答えた。

「そのビデオは、いま、どこにある？」

「会社のおれの部屋にあらあ」

「何本、ダビングした？」

「三本だけだ」

「誰から手に入れた？」

「わからねえんだ。誰かが、おれの会社の郵便受けに入れてったんだよ。おそらく、電話をかけてきた男だと思う。そいつは、何か三村に恨みでもあるんじゃねえのか」

「その話をすんなり信じるわけにはいかないな。おまえにビデオを渡したのは、唐木護じゃないのかっ」

丹治は、遠山の鼻の頭を便器に強く押しつけた。

「唐木って、誰なんだ？　そんな野郎、知らねえよ」

「そっちが唐木を始末させたんじゃないのかっ。女空手使いとボマージャケットの若《わか》造《ぞう》に命じてな」

「何を言ってやがるんだ。女空手使い？　ボマージャケット？　ほんとに、おれは唐木なんて奴は知らねえっ」

　遠山が苛立《いらだ》たしげに吼《ほ》えた。空とぼけているのだとしたら、なかなかの演技だ。

「眉の薄い野郎は、なんて名なんだ？」

「誰のことなんだよ、そいつは？」

「もういい」

「おれは三村の弱みを握って、奴の持ってるビルを買い叩くつもりだったんだ。唐木なんて奴には会ったこともねえし、もちろん始末しろなんてことも一言も言っちゃいねえ」

「辻とスキンヘッドの男は、なんで三村の娘を尾《つ》けてたんだ？」

　丹治は訊いた。

「三村の変態ビデオだけじゃ脅しが利かねえと思って、辻と高品《たかしな》に沙霧って娘を引っさらわせる気になったんだよ」

「高品ってえのは、スキンヘッドの男か？」

「そうだよ。辻たち二人に沙霧の行動パターンを下調べしてから引っさらってこいって言ったんだが、どうも娘が何か探《さぐ》ってるようだって辻が報告してきたんだ。それで、おれは誘拐計画を中止させて、沙霧を脅すだけにしておけって言ったんだよ」

「計画を中止させた理由をもっと詳しく喋《しゃべ》ってもらおうか」

「三村のスキャンダルを教えてくれた奴が、おれを何か悪巧《わるだく》みに利用してるんじゃねえかと思ったからさ。別に何か根拠があったわけじゃねえんだけど、本能的にそう感じたんだ。だから、三村の娘っ子をさらうのは危《ヤベ》えと思ったわけよ」

遠山が言った。話に矛盾はなかった。

しかし、未知の人間からスキャンダラスなビデオテープが届けられたという話はどこか嘘《うそ》臭い。といって、遠山がシラを切っているとも思えなかった。

丹治は速断《そくだん》できなかった。

「もう勘弁してくれ」

遠山が頭をもたげた。もはや抵抗することはないだろう。

丹治は手を離した。遠山が上体を起こし、腰の後ろに手を回そうとした。丹治は、遠山の手首を押さえた。遠山は自動拳銃《けんじゅう》の銃把《グリップ》を握りかけていた。

丹治は拳銃を奪い取った。

PMだった。正式名はピストレート・マカロバ、通称マカロフだ。旧ソ連軍の制式拳銃である。

外見はドイツ製のはPPKと似ている。PMに使われている実包は、九ミリのパラベラム弾よりもやや小さい。しかし、命中精度が高いことで知られていた。

「こいつで、おれを撃《ハジ》く気だったらしいな」

丹治は大便用のブースを出て、銃口を遠山に向けた。

「撃《ハジ》く気なんかなかったよ。あんたを脅すつもりだったんだ」

「こいつは貰《もら》っとくぜ」

「そりゃねえだろっ。弾倉《マガジン》クリップの弾《たま》を抜いてもかまわねえから、本体は返してくれ。トカレフの三倍以上の値で手に入れたんだ」

遠山がハンカチで顔面の血を拭《ぬぐ》いながら、弱々しく抗議した。それを無視して、丹治は問いかけた。

「念のために教えてくれ。駒場《こまば》にある『風雅堂』って店が何屋か知ってるか？」

「そんな店、知らねえな。和菓子屋かい？」

「知らなきゃ、それでいいんだ。ここには、自分の車で来たんだろ？」

「あんた、何を考えてるんだ？」

遠山は不安げだった。

「オフィスに、高品《たかしな》ってスキンヘッドの男はいるか？」

「いるはずだよ」

「高品に電話して、三村の弱みになる写真のデータやビデオデータをすべて持ってこさせろ。ついでに、これから乗っ取ろうとしてるビルのオーナーのスキャンダルの証拠写真や動画なんかも全部、持ってこさせるんだ」

「ちょっと待ってくれよ。そんなことされたら、おれの会社は潰《つぶ》れちまうじゃねえか。三村に関する脅しの材料《ネタ》はそっくりくれてやってもいい。しかし、ほかのものは勘弁してくれや」

「いやなら、ここで死ぬんだな」

丹治は引き金《トリガー》の遊びをぎりぎり一杯まで絞り込んだ。

遠山が顔面を引き攣《つ》らせながら、首を烈《はげ》しく振った。丹治は遠山を引きずり出し、銃口を脇腹《わきばら》に押しつけた。銃身は上着の裾《すそ》で隠した。

遠山を脅しながら、エレベーターで一階に降りる。遠山の黒いロールスロイスは、ビルの前に駐めてあった。

丹治は遠山を後部座席に押し込み、自分も横に乗り込んだ。

遠山は渋々、丹治の命令に従った。通話を切り上げ、溜息《ためいき》混じりに告げた。

「高品は大急ぎで来るってよ」

「そうかい。おまえのスポンサーは誰なんだ？」

「えっ？」

丹治は質問した。

「とぼけるなって。いくら安く買い叩いたからって、極友会を破門されたヤー公が都心のオフィスビルを何棟も買い漁れるわけがない」

「手に入れたビルを抵当に入れながら、大手都銀から事業資金を借り入れてるんだ」

「説得力のない嘘《うそ》だな。ほとんどの銀行がかなり不良債権を抱えてるんだ。おまけに担保に取ったビル用地やテナントビルも買い手がつかなくて、頭を抱えてる。そんな時期に、テナントビルを抵当にして、まとまった銭を融資する銀行がどこにある？あったら、教えてくれ」

「スポンサーは、いろいろなんだ。台湾の実業家、テレビゲームのソフトで急成長した会社、大型スーパーの筆頭株主、激安王と呼ばれてるディスカウントショップのワンマン社長とかさ。景気が低迷してるんで、資金力のある人間にとっちゃ、不動産を買い叩く絶好のチャンスだからな」

「おまえは乗っ取ったビルをスポンサーの各ダミー会社に転売して、利鞘《りざや》を稼いでるってわけか。薄汚えハイエナだな」

「ま、あまり自慢できるビジネスじゃないやな。しかし、やくざやってた男は潰《つぶ》しが利《き》かねえし、世間もすんなりとは受け入れちゃくれねえ」

遠山は自嘲《じちょう》気味に呟《つぶや》き、それきり押し黙ってしまった。丹治は内ポケットのＩＣレコーダーの停止ボタンを押した。

唐木が浦上かすみの寝室から、いかがわしい映像を盗み出したという推測は間違ってはいないだろう。だからこそ、彼は葬《ほうむ》られたにちがいない。

しかし、辻と遠山を締め上げてみても、唐木との繋がりは見えてこなかった。

唐木は、いったい誰にビデオを渡したのか。

その人物が三村を誘拐し、身代金をまんまとせしめたと思われる。〝荒鷲《あらわし》〟と名乗った男は身代金だけでは満足せずに、明光興産の遠山が三村の持ちビルを狙《ねら》いやすいように仕向けた疑いが濃い。

なぜ、そうまで三村将史を追い詰めようとするのか。また、三村が多額の身代金を奪われながらも、世間体を重んじることも不可解だ。三村の過去に、何か他人に知られたくない秘密でもあるのだろうか。

丹治は遠山を見張りながら、これまでの経過を密かに頭の中でなぞってみた。しかし、これという緒《いとぐち》は見つからなかった。

二十分近く過ぎたころ、遠山が低く告げた。

「うちの若いのが来たよ。ほら、高品だ」

「妙な気は起こすなよ」

丹治は窓の外に目を向けた。

手提《てさ》げ袋を持ったスキンヘッドの男が小走りにやってくる。その前後に、仲間らしい人影はなかった。

2

深々とした礼《れい》だった。

旋毛《つむじ》まで見えた。三村将史は垂れた頭をなかなか上げようとしない。

「もう頭を上げてくれませんか」

丹治は言った。『三村エンタープライズ』の社長室である。

二人は応接セットに向かい合って坐《すわ》っていた。

コーヒーテーブルには、四巻のビデオテープが載《の》っている。ついさきほど遠山から手に入れたものだった。一巻はマスターテープで、残りの三巻はダビングされたものだ。

丹治はスキンヘッドの男から手提《てさ》げ袋をそっくり受け取り、その四巻だけをここに持ってきたのである。遠山が集めた他のビル所有者たちのスキャンダラスな写真や盗聴音声のメモリーは袋に入れたまま、ジャガーの後部座席に置いてあった。

「わたしが世話してる女性の部屋から盗まれたのは、間違いなくこれです」

三村がマスターテープを掴《つか》み上げた。

「四巻とも焼却したほうがいいでしょう」

「ええ、そうします。丹治さん、このビデオを観《み》られたんですか？」

「いいえ、観てません」

丹治は正直に答えた。

観たと答えれば、多少の口止め料はせしめられるだろう。しかし、相手は堅気の依頼人だ。最初から強請《ゆす》る気はなかった。

「それはよかった。ビデオをあなたに観られたら、きっと変態だと思われて、軽蔑《けいべつ》されたでしょうからね」

「そんなに恥じることはありませんよ。しかし、日本人はセックス・スキャンダルには厳しい面があります。名誉や体面を気にするなら、今後は少し気をつけたほうがいいでしょうね」

「ええ、自重《じちょう》します。それはそうと、このビデオは誰が、かすみ、いえ、愛人の部屋から持ち出したんでしょう？」

三村が問いかけてきた。

丹治は一瞬、上着の内ポケットからＩＣレコーダーを取り出す気になった。しかし、すぐに思い直した。録音音声には聴《き》かれたくない部分もあったからだ。

「あくまでも推測ですが、唐木護がビデオを盗み出したと考えられます」

「えっ、そんなばかな⁉　なぜ、唐木君がそんなことをしなければならないんです？」

三村が甲高《かんだか》い声を放った。

「その動機は、よくわかりません。しかし、唐木護は盗み出したビデオを渡した人物に口を封じられたんでしょう。少し前までは、明光興産の遠山の仕業《しわざ》だと思ってましたが、どうも違うようです」

「遠山が言い逃《のが》れを口にしたとは考えられませんかね？」

「もちろん、そのことは考えました。しかし、かなり痛めつけましたから、嘘をつく余裕はなかったと思います。第一、遠山と唐木を結びつけるものが何もないんですよ。唐木が何か弱みを握られて、ビデオを盗み出せと強要されたとは考えにくいんです」

「わたしも死んだ唐木君が元やくざと接触する機会があったとは思えません。そうなると、彼はなぜ、ビデオテープを盗み出したんでしょう？　もしかしたら、わたしが面倒を見てる女が唐木を唆《そそのか》して……」

「それは考えられません」

丹治は言い切った。

「なぜ、そう断定できるんです？」

「あなたには最後まで黙ってるつもりだったんですが、実は浦上かすみさんに会ってるんですよ」

「えっ。誰から、かすみのことを聞いたんです？」

三村の声は上擦《うわず》っていた。

「唐木からです。かすみさんと唐木には、なんの繋がりもありません。かすみさんは嘘のつけないタイプです」

「しかし、唐木君がかすみの部屋からビデオを盗み出した疑いがあるわけでしょ？」

「おそらく唐木は何か口実をつけて、かすみさんの部屋に上がり込み、そのビデオをこっそり盗んだんでしょう」

丹治は、かすみが脅されて唐木と関係をつづけていた事実を明かす気はなかった。かすみを窮地に追い込むのは酷に思えたし、遊び気分で彼女を抱いたことも秘密にしておきたかった。

「しかし、このビデオテープは寝室にあったはずです。唐木君が寝室まで入り込むなんて、やっぱり、少し変ですよ。かすみが彼に協力したと考えたほうが自然なんじゃないですかね？」

「唐木は、あなたと浦上かすみさんの関係を弥生夫人や沙霧さんにバラすぞと彼女を脅したのかもしれません。それで、あなたの弱みになるようなことを巧《たく》みに探《さぐ》り出し、こっそりビデオを持ち去ったんでしょう」

「そうなんでしょうか。唐木君が、このわたしに邪悪《じゃあく》な気持ちを懐《いだ》いてたなんて、なんだかショックです。彼のことは、自分の息子のように目をかけてやったつもりなんですがね」

三村が遣《や》りきれなそうに言い、コーヒーカップを口に運んだ。

丹治は煙草に火を点けてから、慎重に言葉を選んだ。

「唐木は、あなたのいまの奥さんが秘書をされてた時代にちょっと憧《あこが》れてたようです。そのことは、ご存じでした？」

「ええ、気づいてましたよ。若いころは、年上の女に憧れる傾向があるものです。わたしにも覚えがありますよ。はるか昔の話ですけどね」

三村がカップを受け皿に戻し、いくぶん照れた顔になった。

「弥生夫人は、唐木のそんな気持ちに気づいてたんでしょうか？」

「さあ、どうなんでしょうか。気づいてたのかもしれませんが、年下の唐木君には興味もなかったんでしょう」

「というと、そのころ、奥さんには恋愛中の男性がいたのかな？」

「ええ、いました。その当時、弥生はひと回りも年上の彫刻家とつき合ってたんです。彫刻家といっても、あまり名のある男ではありませんでしたがね」

「その男は独身だったんですか？」

丹治は長くなった煙草の灰を青銅の灰皿に落とした。

「いいえ、妻子持ちだったようです。その男は妻と弥生の間で揺れつづけることに疲れて、自殺してしまったんですよ。弥生のショックは大変なものでした。傷心の彼女を慰めてるうちに、いつしかわたしたちは惹《ひ》かれ合うようになったんです」

「なるほど。なかなかいい話じゃないですか」

「いやあ、お恥ずかしい。わたしは弥生を裏切るようなことはしたくなかったんだが、つい浦上かすみの突き抜けた明るさに魅《み》せられてしまったんですよ。弥生には済まないことをしたと思ってます」

三村が苦渋《くじゅう》に満ちた表情で言った。丹治は煙草の火を揉《も》み消した。

「丹治さん、急に弥生のことを持ち出されたのはどういうわけなんです？」

三村が訝《いぶか》しげに訊いた。

「深い意味はありません。唐木護に少しでも関連のあることは一応、調べておきたかったんですよ。ただ、それだけのことです」

「そうですか。これからも、誘拐犯を捜しつづけるおつもりなのかな」

「もちろん、そのつもりです。負けることが嫌いなんですよ。それはそうと、唐木の机の中をちょっと覗《のぞ》かせてもらえませんか」

丹治は言った。

「机には私物も入ってますんで、家族の立ち会いがないと……」

「それは、よくわかります。しかし、彼はこのビデオテープを盗み出したと考えられる男なんです。それに、あなたの誘拐事件とも無関係じゃないかもしれない」

「わかりました。それじゃ、わたしが立ち会いましょう」

三村が四巻のビデオを抱えて、すっくと立ち上がった。ビデオは執務机《しつむづくえ》に錠を掛け納められた。

丹治はそれを見届け、おもむろに腰を浮かせた。二人は社長室を出た。

唐木護の事務机は、窓際にあった。ごくありふれた灰色のスチール製のデスクだった。

丹治は引き出しを次々に開けた。

右側の最上段には、錠が掛けられていた。三つの引き出しには、事件に関わりのありそうな物は何も入っていなかった。

机の板面の真下の平たい引き出しの中に、厳重に包装されたスケッチブック大の包みがあった。

包みを解《と》いている途中で、三村が驚きの声を洩らした。動きも止まった。

丹治は包みを手早く解いた。

中身は浮世絵だった。歌麿《うたまろ》や北斎の作品が七点あった。

「これは、あなたが失踪《しっそう》中に自宅の書斎から何者かに盗み出されたものですね？」

「多分、間違いないでしょう。この七点がなくなったことは、身代金を渡した晩に家内から教えられました」

「ここじゃ、社員の方の耳もありますから、あなたの部屋に戻りましょう」

「ええ」

三村が七点の浮世絵をざっと包み直し、先に社長室に足を向けた。急ぎ足だった。

二人は、ふたたびテーブルを挟んでソファに腰かけた。

「唐木君が、わたしの書斎から盗み出したんでしょうか？」

「七点をよく見てください」

丹治は促《うなが》した。三村が包みを押し拡げ、一点ずつ手に取った。

「確かに、わたしが所蔵してた浮世絵です」

「浮世絵の鑑定は、陶芸家の門脇氏の知り合いに頼まれたとか？」

「ええ、そうです。手島聡《てじまさとし》という方です。その方が『風雅堂』から買った七点の浮世絵は、贋作《がんさく》と鑑定されたんです」

「そうですか」

「唐木君は粕谷に抱き込まれて、裁判の証拠物件である七点のこの浮世絵を故意に隠したんだろうか」

三村が眉間《みけん》に皺《しわ》を寄せた。

「わたしも似たような疑いを持ちました。しかし、調べた結果、粕谷氏と唐木護とは何も接点がありませんでした」

「そうなんですか」

「仮に粕谷氏が唐木護に浮世絵を盗み出させたんなら、この七点をあなたの目の届かない場所に隠しておくはずです」

「それも、そうですね」

「別に手島という方を疑うわけじゃありませんが、『風雅堂』から買われた七点は本当に贋作《がんさく》だったんでしょうか？」

　丹治は思い切って、そう口にした。

「どういう意味なんです？」

「古美術の鑑定は、けっこう難しいという話ですよね」

「手島さんが鑑定を誤って、真作を贋作と判定してしまったというんですか⁉」

「それも考えられますが、手島さんが何らかの理由から故意に真作を贋作と偽《いつわ》ったとも……」

「そんなことをしたら、鑑定家としてはもちろん、美術関係の仕事にも携《たずさ》われなくなります。わざわざ自分の道を閉ざすようなことをする人間なんかいないでしょ？」

　三村は納得がいかなげだった。

「念のため、この七点の浮世絵の真贋《しんがん》を手島さん以外の方に鑑定してもらってみてください。これを隠してたったことは、真作だからなのかもしれないでしょ？」

「わかりました。粕谷側の弁護人も別の人間に鑑定させることを要求してきてますんで、さっそく手島さん以外の方を探しましょう」

「よろしくお願いします」

丹治は軽く頭を下げた。

そのとき、社長席の電話機が着信音を奏ではじめた。三村が丹治に断って、ソファから立ち上がった。

電話の遣り取りは短かった。

「家内からの電話でした。出版社に打ち合わせに出かけた沙霧が、まだ帰宅してないらしいんですよ。それで、弥生は気を揉んでるようです」

「予定の帰宅時間より、どのくらい遅くなってるんです？」

丹治は訊いた。

「一時間数十分だそうです。多分、編集者とお喋りをしてるんでしょう。担当の方は、沙霧の大学の先輩らしいんですよ」

「それなら、きっとそうなんでしょう。わたしは、そろそろ失礼します」

「丹治さん、少々、お待ちください」

三村が手で制し、机に向かった。引き出しから小切手帳を取り出して、ペンを走らせた。

丹治は無言で待った。

戻ってきた三村が、小切手を差し出した。

「明光興産の件で、お世話になったお礼です。ご不満かもしれませんが、どうぞお納めください」

「それじゃ、遠慮なく」

丹治は小切手を受け取った。

額面は七百万円だった。銀座のクラブで要求した額よりも、二百万円多かった。思わず頬《ほお》が緩《ゆる》みそうになった。三村に見送られて、社長室を出る。

丹治は、にんまりした。悪くない仕事《ビジネス》だった。

3

情事の余韻《よいん》は深かった。

丹治は未樹と肌を重ねていた。自宅マンションのベッドの中だ。未樹の内奥《ないおう》は、まだ緊縮を繰り返している。

「よかったよ」

「わたしも最高だったわ。拳さん、このままダブルにトライしてみて」

「いいとも」

丹治は腰を動かしはじめた。

三村から七百万円の小切手を貰ったのは、およそ四時間前だ。その後、丹治は未樹を電話で六本木に呼び出した。高級中華料理店で、二人は赤燕《あかつばめ》の巣《す》のスープと特製鱶《ふか》ひれ旨煮《うまに》をたらふく食べた。

海燕の巣は、さまざまな海藻を分解した燕の唾液で作られている。

多くは、薄茶がかった白が多い。それが燕の血で赤く染まった巣が、赤燕の巣と呼ばれている。淡紅色の巣は珍品中の珍品だ。

別に燕の巣は精力《スタミナ》料理ではない。

だが、丹治は生まれて初めて食べた料理にひどく興奮させられた。無性《むしょう》に女が欲しくなり、未樹を自宅マンションに誘い込んだのだ。

ふたたび分身が力を漲《みなぎ》らせはじめた。

未樹の喘《あえ》ぎ声も高くなった。丹治は突き、捻《ひね》り、捏《こ》ねた。未樹も腰をくねらせて、煽《あお》り立てた。結合部の湿った音がひとしきり室内に響いた。

やがて、二人は同時に果てた。

未樹は裸身を震わせ、愉悦《ゆえつ》の声を洩らしつづけた。丹治は搾《しぼ》り尽くされた。最後の一滴まで吸い上げられた。

結合を解《と》いて少しの間、どちらも口が利けなかった。それほど激しい交わりだった。

丹治は仰向けになって、紫煙をくゆらせはじめた。

末樹が丹治の肩口に顔を寄せてきた。肩先が濡《ぬ》れた。末樹の涙のせいだ。むろん、悲しみの涙ではない。

丹治は軽い驚きを覚えた。初めてのことだった。

煙草の火を消したとき、末樹が訊いた。

「まだ仕事の片がつかないの？」

「ああ。ちょっと厄介な事件なんだ」

丹治は経過を話した。

「何か手伝うわよ」

「それじゃ、手島聡って奴のことを調べてもらおうか。そいつがどういう人間とつき合ってるか、チェックしてもらいたいんだ」

「いいわよ。で、その手島って男の勤務先や自宅はわかってるの？」

「いや、まだだ。美術家団体の名簿か、紳士録を後で繰《く》ってみるよ」

「そう。わたし、ちょっとシャワーを浴びてくるわ」

末樹がベッドを降り、浴室に向かった。

丹治も身を起こした。素肌にガウンを引っ掛けて、隣のＬＤＫに移る。リビングの端に、ＯＡ機器や資料棚がある。

丹治は資料棚から、紳士録を抜き出した。

手島聡は鳥取《とっとり》県出身で、四十九歳だった。

東京の有名国立大学の美術史科を卒業し、博物館や美術館の学芸員を務めてきた。

現在は東京博物館の副館長だ。浮世絵の研究家としても知られているようだった。

一男一女の父親で、妻は家庭裁判所の調停委員を務めている。現住所は、大田区東《ひがし》雪谷《ゆきがや》だった。

丹治は必要なことをメモして、寝室に戻った。

ベッドに潜《もぐ》り込んだとき、携帯電話が鳴った。午後十一時過ぎだった。

丹治は何か禍々《まがまが》しい予感を覚えながら、ナイトテーブルに腕を伸ばした。

「夜分に申し訳ありません。三村でございます」

弥生の声が洩れてきた。

「何かあったんですね？」

「はい。娘が昼間、出版社に出かけたきり、まだ戻ってこないんです」

「出版社に問い合わせてみたんですか？」

丹治は訊いた。

「ええ。担当編集者とは夕方の五時ごろに別れたというんですよ。わたし、なんだか悪い予感がして仕方がないんです。それで主人に警察に届けようと申したんですが、なかなか首を縦にしてくれませんの」

「ご主人は世間体を気にされるタイプだからな」

「このままじゃ、心配で心配で……」

弥生が声を詰まらせた。

「電話、ご主人と替わってもらえますか？」

「それが書斎に閉じ籠もってしまって、階下《した》には降りてこようとしないんですよ」

「そうですか」

「厚かましいお願いですけど、丹治さん、主人に警察の協力を仰《あお》ぐよう説得していただけないでしょうか」

「わかりました。なるべく早くお宅にうかがいましょう」

丹治は電話を切った。

ちょうどそのとき、未樹が寝室に戻ってきた。丹治は出かける必要があることを手短に話し、手島に関するメモを未樹に手渡した。

「この男の調査は任せて。拳さん、だいぶ帰《やす》りが遅くなりそうなの？」

「二時間かそこらで戻れると思うよ。先に寝んでてくれ」

「オーケー」

未樹がベッドの中に入った。

丹治は浴室に足を向けた。ざっと体を洗い、身繕《みづくろ》いに取りかかった。長袖《ながそで》の黒いTシャツの上に同色のタートルネック・セーターを重ね、ベージュのチノクロスパンツを穿《は》いた。

「ドアは、おれがロックしておくよ」

丹治は未樹に言って、セーターの上にラムスキンのブルゾンを羽織った。色は焦茶だった。部屋を出て、駐車場に急ぐ。

ほどなく丹治はジャガーに乗り込んだ。

エンジンを始動させ、グローブボックスの奥を覗く。遠山から奪った旧ソ連製の自動拳銃は、ウエスにくるまったままだった。

丹治は車を発進させた。

小田急線に沿って、成城五丁目に向かった。沿線駅の周辺は、どこも道が狭かった。違法駐車の車も目立った。走りにくかったが、最短コースだった。

二十数分走ると、成城の邸宅街に入った。

ひっそりと静まり返っている。人通りは絶えていた。

丹治は車の速度を上げた。あと数百メートルで、三村邸だった。

不意に脇道から、バイクが飛び出してきた。

丹治はパニックブレーキをかけた。体が大きく前にのめった。

バイクは路上に横倒れになっていた。そのそばに、若い男が転がっている。黒のオートバイ・ジャンパーに、ジーンズという身なりだった。

衝撃はなかった。

自分が撥《は》ねたわけではない。明らかに、相手に非がある。そう思いながらも、丹治は走り去れなかった。車を降り、倒れている男に駆け寄った。

呻き声を洩らしているライダーは、フルフェイスのヘルメットを被《かぶ》っていた。体を丸め、背を向けている。

「おい、大丈夫か?」

丹治は屈《かが》み込み、男に声をかけた。

その瞬間、男が向き直った。何かが投げつけられた。砂だった。

丹治は、まともに目潰《めつぶ》しを喰らってしまった。

目が見えない。口の中にも砂粒が入っている。異物感が不快だった。

丹治は立ち上がり、やみくもに足を飛ばした。

男が呻いた。転がる気配も伝わってきた。

すぐに丹治は前に跳《と》んだ。前蹴りを放つ。空《くう》を蹴っただけだった。

丹治は、さらに前に踏み出した。

ハイキック、ミドルキック、ローキックと三度、回し蹴りを見舞った。しかし、どれも当たらなかった。

「目が見えなきゃ、たいしたことねえな」

男が言った。聞き覚えのある声だった。いつもボマージャケットを着ていたチンピラ風の男だ。男の声は、左斜め前から響いてきた。

丹治は左フックを放った。今度は手応《てごた》えがあった。

男が吹っ飛んだ。丹治は三歩、足を踏み出した。

前蹴りを放ちかけたときだった。

かすかな発射音がした。ほとんど同時に、丹治は腹部に鈍い痛みを感じた。腹に手をやる。指先に、プラスチックの羽根《はね》とアンプルのような物が触れた。

麻酔銃のダーツ弾だろう。

アンプルの部分を抓《つま》んで、力まかせに引く。激痛を感じただけで、ダーツ弾らしいものは引き抜けなかった。

「早くおねんねしな」

男の声は近かった。素早く身を起こし、すぐそばまで迫ってきたのだろう。

丹治は右ストレートを繰《く》り出した。

だが、躱《かわ》されてしまった。前のめりに突んのめる恰好になった。男が組みついてきた。股間《こかん》を蹴られた。

丹治は一瞬、息が詰まった。膝《ひざ》が崩れた。すぐに顎《あご》を蹴られた。

男がせせら笑った。言葉は発しなかった。

丹治は頽《くずお》れる前に、後ろに引っくり返った。

倒れる前に上体を捩《ねじ》った。幸いにも後頭部は路面に打ちつけなかった。しかし、それきり起き上がれない。

丹治は全身が痺《しび》れはじめた。

足腰が萎《な》えて、力が入らない。焦《あせ》った。少し経つと、頭がぼやけてきた。砂の入った両眼も痛かった。

走る足音が近づいてくる。

二人だった。敵の人間だろう。

「マー坊、いいスライディングだったじゃねえか」

男の太い声がした。眉の薄い男だった。すぐに、女の声が聞こえた。

「わたしは、こいつのジャガーに乗ってくわ」

「空手使いのお姐《ねえ》ちゃんだな。おれをどうする気なんだっ」

丹治は声を張った。

次の瞬間、意識が遠くなった。麻酔薬が効いてきたらしい。不意に何も耳に届かなくなった。

下腹部がむず痒《がゆ》い。

その感覚で、丹治は我に返った。コンクリートの床に寝かされていた。仰向けだった。

自由が利かない。

両手首を頭の上で縛られていた。縛《いまし》めは、結束バンドだろう。鎖や針金とは感触が異《こと》なる。樹脂製の紐《ひも》であることは間違いなさそうだ。

結束バンドの先は、工具棚の支柱に括《くく》りつけられていた。工具はどれも古かった。

天井の鉄骨も錆《さび》だらけだ。

長い蛍光灯の放電管は寿命が迫っているらしく、地虫のように鳴いていた。廃工場なのかもしれない。

丹治は頭を浮かせた。

股《また》の間に、女がいた。空手使いだった。なんと女は、丹治の分身をくわえていた。

チノクロスパンツとトランクスは、太腿《ふともも》の中ほどまで下げられている。両足首は、きつく括《くく》られていた。

「何してるんだっ」

丹治は腰で、女の顔を突き上げた。女が喉《のど》の奥を軋《きし》ませ、含んだペニスを解き放った。

「もう麻酔切れか。あんたが眠ってる間に犯そうと思ってたのに」

「おれを犯すだって⁉　ふざけるなっ」

丹治は怒鳴り返した。

「わたしはマジよ。あんただって、まんざらじゃなかったんでしょ。ちょっとしゃぶっただけで、こんなにエレクトしちゃって」

「ここは、どこなんだ？」

「人里離れた板金《ばんきん》工場よ。もっとも、いまは廃工場だけどね」

女が立ち上がった。黒革のジャンプスーツ姿だった。

「耳の潰れた眉の薄い野郎とマー坊ってチンピラは、どこにいるんだ？」

「二人とも、工場の反対側でセックスしてるわ」

「セックス？」

丹治は訊き返した。

「そう。鬼頭《きとう》は浦上かすみ、マー坊は三村沙霧を抱いてるわ」

「なんだと！」

「三村の娘と愛人は麻酔ダーツ弾でぐっすりと眠ってるから、逃げるに逃げられないはずだわ。でも、わたしは人形みたいに眠ってる相手じゃ、つまんないの」

女は残忍な笑みを浮かべると、ジャンプスーツのファスナーを一気に引き下げた。ブラジャーもパンティーもつけていなかった。女は黒いブーツを先に脱ぎ、ジャンプスーツもかなぐり捨てた。

胸は気の毒になるほど貧弱だった。女子中学生並だ。乳首だけが、やけに大きく見える。筋肉ばかりが目立って、およそ色気がない。恥毛も多すぎて、食指《しょくし》が動かなかった。

女がいったん屈《かが》んで、何かを摑《つか》んだ。ＰＭだった。旧ソ連製のマカロフだ。

「おまえ、それは……」

「これは、あんたの車のグローブボックスに入ってた拳銃よ」

「そんな物騒《ぶっそう》な物は遠くに置いといてくれ」

丹治は言った。

女が薄い唇を歪《ゆが》め、ゆっくりと近づいてきた。右手に自動拳銃を握っていた。女は丹治の顔の上に跨《また》がった。

蒸《む》れた女臭が強烈だった。革の臭《にお》いもした。丹治は顔をしかめた。

「舐めなさい」

「おれは惚《ほ》れた女にしか、クンニはやらない主義なんだ」

「つべこべ言うんじゃないよっ」

女が痰火《たんか》を切り、いきなりPMをぶっ放した。放たれた銃弾が床のコンクリートを穿《うが》ち、跳弾は工具棚に当たった。

「言う通りにしないと、あんたの頭がミンチになるわよ」

女が目を攣《つ》り上げ、熱を帯びた銃口を丹治の額に押し当てた。硝煙の臭《にお》いが鼻腔《びこう》に滑り込んできた。

——この女は本気だな。こうなりゃ、やけくそだ。

丹治は覚悟して、女の性器を舐めはじめた。大小の陰唇は薄っぺらだったが、クリトリスは驚くほど大きかった。アーモンドに近い大きさだった。

「あんた、舐め方が上手じゃないの」

女が喘《あえ》ぎ声で言い、尻《しり》をもぞつかせた。

丹治は、女を取り込む気になった。舌技に熱を入れた。女空手使いは切なげに呻き、はざま全体を押しつけてきた。体の芯《しん》は、しとどに潤《うる》んでいた。

五分ほど経過すると、女が急にのけ反った。

極《きわ》みに達した瞬間、銃口が額に深く喰い込んだ。一瞬、心臓がすぼまった。丹治は生きた心地がしなかった。弾みで暴発したら、一巻の終わりだ。

やがて、女の震えが凪《な》いだ。

「銃口を逸《そ》らしてくれよ」

丹治は声をかけた。

女が無言で立ち上がり、丹治の足許に回り込んだ。

「なによ、元気がなくなっちゃったじゃないの」

「拳銃突きつけられてたんだ。無茶言うなって」

丹治は言い返した。

女が妙な笑い方をして、丹治の分身を呑《の》み込んだ。両手も使いはじめた。

男の体を扱い馴《な》れていた。感じやすい部分を的確に刺激してくる。自然に欲望が猛《たけ》った。

丹治は男の性欲を呪《のろ》った。

女に犯されることは屈辱そのものだ。しかし、意思とは裏腹に体は昂《たか》まってしまった。男の生理が哀《かな》しかった。

「あんただって、その気になったじゃないのよ」

女が嘲笑し、だしぬけに丹治の腰に跨がった。前向きだった。

丹治の分身を自分の体内に潜《くぐ》らせ、膝を屈伸させはじめた。

その動きは速かった。フルコンタクト空手で鍛えたらしい足腰は、まるで発条《ばね》のようだ。

数分後、女は膝で丹治の腰を挟みつけた。クリトリスを自分で圧《お》し転がしながら、ダイナミックに腰を旋回させつづけた。

ほどなく女は、二度目の高波に呑《の》まれた。

あけすけな卑語《ひご》を口走り、幾度も身を硬直させた。締めつけ具合は悪くなかった。

しかし、丹治は放つ気はなかった。射精してしまったら、もっと惨《みじ》めになるだろう。わざと気持ちを逸《そ》らして、ぐっと踏み留まった。

女が胸を重ねてきて、小さく言った。

「すっきりしたわ。こんなとこ、ずっと男っ気がなかったのよ」

「鬼頭とできてると思ってたぜ」

「彼は、ただの仲間よ」

「マー坊は？」

「あの子は使いっ走りだわ」

「名前を教えてほしいな。なんて名だい？」

丹治は問いかけた。

「なによ、急に優しい声なんか出しちゃって」

「寝た女の名前ぐらい知っておきたいじゃないか」

「敦子《あつこ》よ」

「いい名前じゃないか。名字は？」

「どうでもいいでしょ！」

敦子と名乗った女が、荒っぽく結合を解いた。しかし、効果はなかった。

丹治は、すぐに敦子をなだめにかかった。しかし、効果はなかった。

女空手使いはジャンプスーツのポケットから水色のパンティーを抓《つま》み出し、素早く身につけた。スーツを着て、ブーツを履《は》く。

「拗《す》ねんなよ」

丹治は声をかけた。

敦子は返事をしなかった。黙って自動拳銃を拾い上げた。

「おい、せめてチノパンとトランクスを引っ張り上げてくれよ」

「後で、もう一度犯してやるっ」

敦子が言い捨て、足早に遠ざかっていった。

丹治は手首と足首を動かしてみた。危機管理コンサルタント会社でアシスタント・スタッフを務めているとき、縄抜け術を習っていた。

しかし、結束バンドは少しも緩《ゆる》まなかった。

丹治は大声で、悪態をついた。

鬼頭や敦子の名も叫んだ。だが、誰も近づいて来なかった。

敵は沙霧と浦上かすみを人質に取って、今度は三村に何を要求する気なのだろう。

丹治は天井を見ながら、ぼんやりと思った。

4

男の怒声が耳を撲《う》った。

動物の唸《うな》り声もした。大型犬だろうか。女の悲鳴も聞こえた。

丹治は浅い眠りから醒《さ》めた。

天井の採光窓が明るい。いつしか夜が明けていた。

小《こ》一時間前、女空手使いはふたたび丹治の体を弄《もてあそ》んだ。しかし、丹治の欲望は昂《たか》まらなかった。

敦子は腹いせに、丹治の脇腹を五度も蹴った。鋭い蹴りだった。丹治は激痛に耐えているうちに、いつしか眠りに落ちてしまったのだ。

悲鳴が泣き声に変わった。

かすみだった。沙霧の泣き叫ぶ声も響いてきた。

鬼頭とマー坊が、また二人の人質の体を穢《けが》しているようだ。なんとか女たちを救《たす》け出したい。

丹治は足首を懸命に動かした。

力を込めるたびに、逆に結束バンドが皮膚に喰い込んだ。痛みを堪《こら》えて、足首を捩《よじ》りつづけた。

数分後、ようやく緩《ゆる》みが生まれた。一晩中、機会があるたびに、縛《いまし》めをほどく努力を重ねてきた。それが功を奏したようだ。

丹治は両脚を跳《は》ね上げ、結束バンドの結び目を歯でさらに緩めた。まず最初に右足が抜けた。少し経《た》つと、左の足首も自由になった。

丹治は転がって、俯《うつぶ》せになった。

両肘《りょうひじ》で這《は》う。工具棚の支柱まで這い進んだ。

支柱に結ばれた結束バンドを嚙《か》み千切《ちぎ》る。いくらか手間取った。

丹治は片膝を発条《ばね》にして、一気に立ち上がった。両手の縛《いまし》めは、がんじがらめに結ばれている。

手首や手指の関節を外しても、無駄だろう。ふと工具棚を見ると、棚の鉄板の一部が捲《めく》れ上がっていた。その部分は刃《やいば》のように鋭かった。

丹治は工具棚に歩み寄った。

鉄板の捲れた角で、手首の結束バンドを断ち切った。

手首には、無数の溝が彫《ほ》り込まれていた。表皮が擦《す》り剝《む》け、血がにじんでいる。

──この借りは忘れないぜ。

丹治はトランクスとチノクロスパンツをずり上げた。

工具棚に目を走らせる。大ぶりの金鋏《かなばさみ》とハンマーがあった。どちらも埃塗《ほこりまみ》れだった。

丹治は金鋏をベルトに差し、玄翁《げんのう》に似たハンマーを手に持った。

工場には、工作機械は何もなかった。クレーンが幾つか、ぶら下がっているきりだ。

建物の構造はL字形になっていた。

丹治は端の方にいた。

沙霧と浦上かすみは、工場の反対側で凌辱《りょうじょく》されているにちがいない。一刻も早く救い出してやりたかつた。

丹治は壁伝いに走った。

ほどなく反対側の端に達した。

床に浦上かすみが這わされていた。一糸もまとっていない。両手は結束バンドで縛られていた。かすみの白い尻には、ジャーマン・シェパードがのしかかっている。

黒と茶のぶちだった。大型犬は前肢《まえあし》で、かすみの背中と腰を押さえ込んでいた。涎《よだれ》を垂らしながら、盛んに前後に動いている。

かすみは必死に前に逃れようとするが、犬は離れようとしない。

沙霧も全裸で転がされていた。

両手を肘のあたりで縛られ、腿まで引きつけられた脹《ふく》脛《はぎ》は幾重《いくえ》にも結束バンドで括《くく》られていた。秘めやかな部分は剝《む》き出しにされている。

乳房や性器が、てらてらと光っていた。生クリームを塗られたようだ。その部分をジャーマン・シェパードに舐められたらしい。

人質の向こうに、二人の男がいた。

ひとりはマー坊だ。もうひとりは奥多摩湖近くの杉林で、散弾銃をぶっ放した男だった。

鬼頭や敦子の姿は見当たらない。二人は車の中で仮眠をとっているのだろうか。

マー坊たちは獣姦《じゅうかん》に気を奪われている。

こちらの動きには、まだ気づいていない様子だ。しかし、拳銃や散弾銃を持っているとも考えられる。うかつには接近できない。

丹治は中腰になって、近くにある工具棚を引き倒した。敵を誘《おび》き寄せる気になったのだ。

凄《すさ》まじい音が轟《とどろ》いた。

丹治は柱の陰に隠れた。

マー坊が駆けてきた。段平《だんびら》を手にしていた。鍔《つば》のない日本刀だ。刃渡りは六、七十センチだった。刀身は、やや反《そ》っている。

丹治は充分に引き寄せてから、マー坊の腰にハンマーを叩きつけた。

「ううっ」

オートバイ・ジャンパーを着たマー坊が左の膝を折り、そのまま横倒れに転がった。動物じみた声を発し、のたうち回りはじめた。

白刃が手から離れ、床で跳《は》ねた。

丹治は素早く相手の体を探《さぐ》った。拳銃は持っていなかった。緊張がほぐれた。

すぐに丹治は段平を掴み上げた。

そのとき、もうひとりの男が血相を変えて駆けてきた。鉄パイプを握っている。

「ショットガンはどうしたんだ？」

丹治は相手を愚弄《ぐろう》した。

男が丹治の段平とハンマーに気づいて、立ち竦んだ。

丹治はハンマーで相手の胸を突いた。

男がよろけた。よろけながらも、鉄パイプを振り被《かぶ》った。

丹治はハンマーを振り上げ、男の肩をぶっ叩いた。男がいったん体を沈め、後方にのけ反った。背泳のスタートを想《おも》わせる動きだった。

丹治は鉄パイプをハンマーで叩き潰し、沙霧たちのいる場所に急いだ。

ジャーマン・シェパードは、狂ったように腰を躍《おど》らせている。かすみは泣き喚《わめ》いていた。

沙霧は目をつぶって、泣きじゃくっている。

丹治はシェパードの尻を蹴った。

大型犬は短く鳴いたが、かすみから離れようとしなかった。もう一度、蹴りつける。

ようやく離れた。同時に、シェパードは高く跳躍した。

しなやかなジャンプだった。牙《きば》を剝《む》いていた。

丹治はハンマーを振り下ろした。

耳を掠《かす》めただけだった。大型犬の鋭い牙が丹治の肩口に埋まった。痛みよりも、驚きのほうが大きかった。

丹治はハンマーを足許に捨てた。

段平を右手に持ち替え、体を左右に振った。

シェパードは不安定に揺れたが、落ちなかった。丹治は顔に爪《つめ》を立てられた。犬を振り落とさなければ、顔面をずたずたにされてしまう。

丹治は膝頭で猛犬を蹴り上げた。

牙が外れた。すかさず丹治は、また膝で犬を跳《は》ね上げた。

シェパードは後ろに落ちた。

丹治は振り返った。シェパードが飛びかかってきた。今度は二の腕を噛まれた。レザーブルゾンのおかげで、表皮を傷つけられただけで済んだ。痛みは弱い。

丹治は大型犬を振り回した。犬がずり落ちた。すぐに丹治は犬を蹴り上げた。

シェパードが着地し、ふたたび高く舞った。

丹治は段平を斜めに閃《ひらめ》かせた。大型犬が一瞬、宙で静止した。血の粒が飛んだ。

刀身はシェパードの首に埋まっていた。

丹治は力まかせに薙《な》いだ。血煙が派手に上がった。

大型犬が吹っ飛んだ。首がなかった。胴体だけになったシェパードは、どくどくと血糊《ちのり》を吐いていた。まるでポンプだった。

首は数メートル先に転がっていた。

シェパードは、目をかっと見開いていた。牙も剝《む》いたままだった。

丹治は血と脂《あぶら》でぎらつく段平を捨て、かすみと沙霧の縛《いまし》めを金鋏で断ち切った。

「服は、どこだ？」

「あっちよ」

かすみが、二人の男のいた場所を指さした。

「二人とも、まず服を着るんだ」

「わたし、殺されるんじゃないかと思ったわ」

「話は後だ。見張りは二人だけか？」

「ええ、そうよ。大きな男と革のジャンプスーツを着た女は、車でどこかに出かけたわ」

「彼女は、三村氏の娘さんだよ」

丹治は沙霧に目をやって、かすみに言った。

「知ってるわ。男たちの会話で、わかったの。彼女、だいぶショックを受けてるようだわ。かわいそうに」

「そうだな」

「沙霧さん、もう大丈夫よ」

かすみがパトロンの娘に優しく声をかけた。

丹治も笑いかけた。すると、沙霧は全身で丹治にしがみついてきた。ひとしきり彼女は、泣きじゃくった。強く抱きしめてやる。

泣き声が小さくなると、丹治は沙霧を浦上かすみに委《ゆだ》ねた。

ハンマーを拾い上げ、マー坊たちのいる所に駆け戻った。

二人の男はコンクリートの床に転がったままだった。丹治はマー坊の近くにしゃがみ込んだ。

俯《うつぶ》せになったマー坊は、半《なか》ば気を失っていた。

その背にハンマーを押し当てる。マー坊が呻いて、顔を上げた。

「ここは、どこなんだ？」

丹治はマー坊の頭にハンマーを載せた。すぐには返事がなかった。意識がはっきりすると、マー坊が弱々しく答えた。

「山の中だよ」

「そんな答え方してると、頭をぐちゃぐちゃにしちまうぞ」

「神奈川《かながわ》県愛甲《あいこう》郡の清川《きよかわ》村ってとこだよ」

「知らねえ地名だな」

「三峰《みつみね》山の向こう側は伊勢原《いせはら》市だよ。その左手が厚木《あつぎ》市さ」

「この廃工場は、誰のものだったんだ？」

「知らねえよ、そんなこと」

「鬼頭と敦子って女は、どこに出かけた？」

「おれにゃ、わからねえよ。おれは、女たちを見張ってろって言われただけだから」

マー坊が呻いて、意識を失いそうになった。

丹治は声を高めた。

「二人の人質は、おまえら三人が拉致《らち》してきたんだなっ」

「そうだよ」

マー坊が細い声で応じた。

「誰の命令だったんだ？」

「おれは鬼頭や溝口《みぞぐち》に言われたことをやっただけだから、詳しいことは何も知らねえよ」

「溝口？」

丹治は訊き返した。

「敦子のことだよ」

「おまえら三人の取り合わせは、なんか妙だな。いったい、どういう繋がりなんだ？」

「おれは、あの二人のマネージャー兼付き人だったんだよ」

「あいつら、芸人だったのか⁉」

「まさか。二人とも道場破りだよ。いろんな格闘技の道場に試合を申し込んで、道場主たちをぶちのめしてたんだ。もちろん、狙いは多額の〝お車代〟さ」

「鬼頭はサンボの使い手だな？」

「ああ。鬼頭のビクトル投げと膝十字固めの連続技は、天下一品だよ。〝サンボ王〟とか騒がれてるクリス・ドールマンや〝サンボの赤鬼〟の異名をとるハビーリ・ビクタシェフよりも強いんだ」

「溝口敦子は、フルコンタクト系空手の有段者だな？」

「ああ、三段だよ。でも、実力は五段以上だね」

マー坊が得意げに言った。

「道場破りが喰えなくなって、殺し屋になり下がったってわけか。唐木護を自殺に見せかけて殺したのは、敦子って女とおまえだなっ」

「お、おれは殺《や》っちゃいない。唐木を押さえつけて、スタンガンで気絶させただけだよ。唐木の首を電気コードで絞めたのは、溝口敦子なんだ」

「おまえらが、唐木に浮世絵を盗み出させたんだなっ」

丹治は声を張った。

「浮世絵⁉　なんのことだよ？」

「浦上かすみの部屋から唐木に三村のスキャンダラスなビデオを盗み出させ、さらに浮世絵もかっぱらわせただろうが！」

「そんなことはさせてねえ。おれたちは三村将史を誘拐して、きのう、二人の女を引っさらっただけだよ。ほんとに、ビデオや浮世絵のとなんか知らねえんだ」

マー坊が必死に訴えた。単なる言い逃《のが》れではなさそうだ。

「おまえら三人は、誰に雇われた？　〝荒鷲〟ってのは誰なんだっ」

「おれには〝荒鷲〟の正体はわからねえよ。鬼頭が、その男と接触してるだけだからさ」

「鬼頭たち二人は、ここに戻ってくることになってんだな？」

「ああ、そう言ってたよ。でも、別に戻る時間は言ってなかったな」

「そこで唸ってる奴は何者なんだ？」

丹治は頭を抱えている男に視線を向けて、マー坊に問いかけた。

「渋谷の大和田《おおわだ》組の元組員だよ。遣り繰り《シノギ》ができなくなって、堅気《ネス》になったんだ。でも、ぶらぶらしてたんで、おれが身代金の運搬や見張り《シキテン》の手伝いをしてもらったんだよ」

「そいつの名は？」

「宍戸《ししど》さんだよ」

「奥多摩湖にいたもうひとりの男は、宍戸の昔の仲間なのか？」

「ああ」

「三村氏を監禁してたのは、どこなんだ？」

「数馬《かずま》の別荘みたいな空き家だよ」

「どこにあるんだ、数馬って？」

「奥多摩有料道路を檜原《ひのはら》村の方に下《くだ》った所だよ」

マー坊が説明した。

「身代金のありかは？」

「知らねえよ、おれは。鬼頭が〝荒鷲〟に届けたんだと思う」

「そうかい。おまえ、昨夜《ゆうべ》、人質をレイプしたな！」

「そのくらいの役得がなきゃな」

「三村の娘を犯しただけなのかっ」

「いや、もうひとりのほうも姦《や》ったよ。二度目は、鬼頭と女を交換したんだ」

「二人の女に突っ込みやがったのか。それじゃ、お仕置きも重いぜ」

丹治はハンマーを自分の後ろに置き、ベルトの下から金鋏を引き抜いた。

マー坊が這って逃げようとした。本能的に危険を嗅《か》ぎ取ったのだろう。

逃がさなかった。丹治はマー坊の背を膝頭で押さえつけ、耳を半分ほど金鋏で切った。

マー坊は絶叫し、気を失ってしまった。尿失禁もしていた。白目《しろめ》が滑稽《こっけい》だった。

丹治は宍戸という男に近づいた。

気配で、宍戸が片目を開けた。すぐに顔が引き攣《つ》った。

「おまえも人質に悪さしたのか？」

「お、おれは何もしちゃいねえ。犬を女の尻《けつ》に乗っけただけだ。そうしたら、シェパードが勝手に突っ込みやがったんだよ」

「そうかい」

丹治は宍戸を足で仰向《あおむ》けにさせた。

金鋏を太腿に突き立て、ハンマーで膝の皿を打ち砕いた。両膝だった。宍戸が丸太のように転がりはじめた。

丹治はハンマーを遠くに投げ放ち、女たちのいる所に戻った。

沙霧と浦上かすみは身繕《みづくろ》いを終えていた。

かすみが駆け寄ってきて、小声で告げた。

「パパの娘さん、なんか様子が変なの」

「変って？」

「急に喋れなくなっちゃったのよ。耳はちゃんと聴こえてるみたいなんだけど、言葉が出てこないの」

「ショックによる一時的な失語症だろう」

丹治は言って、沙霧に歩み寄った。

沙霧が目に涙を溜め、しきりに何かを喋ろうとしている。しかし、言葉にはならない。

「いまは何も言わなくてもいいんだ。さ、家に帰ろう」

丹治は沙霧の手を取り、かすみを呼び寄せた。三人は出口に向かった。

廃工場を出ると、すぐ近くにジャガーが駐《と》めてあった。イグニッションキーは差し込まれたままだった。

丹治は念のため、車を点検してみた。妙な細工はされていなかった。

朝の寒気が鋭い。

廃工場の周囲は雑木林だった。どこかで、野鳥がさえずっている。

丹治は二人の女を後部座席に乗せ、手早くエンジンをかけた。ヒーターも入れた。

携帯電話で、三村の家に連絡をとる。電話口に出たのは弥生だった。

丹治は前夜の出来事を手短に話し、沙霧を救出したことも告げた。むろん、浦上かすみのことは話さなかった。

しかし、いずれ沙霧が父親の愛人も誘拐されたことを話してしまうかもしれない。

それはそれで仕方のないことだ。

「丹治さん、ありがとうございました」

弥生が礼を言った。

「それより、〝荒鷲〟が何か言ってきませんでした？」

「れ、連絡がありました。娘の命が惜しかったら、すべての特許権を国に寄贈しろと……」

「特許権をですか⁉」

丹治は、わけがわからなかった。敵の首謀者はいったい何を企《たくら》んでいるのか。

「それから、過去一年間の特許使用料を全額、福祉施設に寄附しろという要求もしてきたんです」

「もう沙霧さんを救出したんですから、どちらの要求も呑むことはありませんよ」

「そうですね」

「ご主人と一緒に車で沙霧さんを迎えに来てもらえませんか？　二時間後に、小田急線の本厚木《ほんあつぎ》駅の前で落ち合いましょう」

「わかりました。娘は無事なんですね？」

弥生が問いかけてきた。

「ええ、無事は無事です。ただ、少しばかりショックを受けてる様子です。だから、身内の方に迎えに来てもらったほうがいいと思ったんですよ。それじゃ、二時間後に落ち合いましょう」

丹治は携帯電話の終了キーを押した。

するると、かすみが丹治の肩をつついた。

「なんかまずいことになりそうね。わたし、市街地に出たら、タクシーに乗り換えて自宅に帰るわ」

「悪いが、そうしてくれないか。きみの家まで送ってやりたいが、おれは後でここに戻ってきて、眉の薄い男と黒革のジャンプスーツの女を取っ捕まえたいんだ」

丹治は車を穏《おだ》やかにスタートさせた。
東の空は朝陽《あさひ》で明るかった。

第五章　密殺の獲物

1

新聞を持つ手が震えはじめた。

怒りと驚きのせいだ。丹治は朝刊をベッドの下に投げ落とした。沙霧と浦上かすみを救出したのは、五日前である。

社会面には、三村将史が湯河原《ゆがわら》の別荘で焼死したことを報じる記事が載《の》っていた。三村は妻や娘と一緒にきのうの朝、別荘に出かけた。ショックで喋れなくなった沙霧に気分転換させるためだった。

そのことは丹治も知っていた。

一昨日の夜、弥生から電話があったからだ。丹治は、三人がしばらく別荘で暮らすことに賛成した。

いまは、そのことが悔《く》やまれてならない。

記事によると、三村は妻と娘が車で湯河原の市街地に出かけている間に焼死したらしい。別荘の戸締まりはされていたことから、三村が居間で灯油を被《かぶ》って焼身自殺を遂《と》げたと地元の警察署と消防署は見ているようだ。

確かに三村は辛《つら》い目に遭《あ》ってきた。

しかし、娘のことが気がかりだったはずだ。どうしても自ら死を選んだとは思えない。三村は、〝荒鷲《あらわし》〟に葬《ほうむ》られたのではないか。

――マー坊を痛めつけたとき、なんで鬼頭や敦子の塒《ねぐら》を吐かせなかったのか。そうしていれば、敵の首謀者に迫ることができたかもしれないのに。

丹治は歯噛《はが》みした。

あの日、本厚木駅から清川村の廃工場に引き返すと、マー坊と宍戸の姿はなかった。二人が自力で逃げられるわけはない。ひと足先に工場に戻ってきた鬼頭と敦子が、二人を連れ去ったのだろう。その後、怪我をした二人のことは新聞でもテレビでも報じられていない。

丹治は上体を起こし、ナイトテーブルに置いてある腕時計を見た。

午前十一時だった。ベッドに浅く腰かけ、三村家に電話をかける。

受話器を取ったのは、お手伝いの千代だった。

「丹治です。新聞を読んで、びっくりしました。弥生夫人は？」

「奥さまとお嬢さまは、まだ湯河原からお戻りになっていません。向こうで旦那《だんな》さまのご遺体を荼毘《だび》に付すことになったそうです。夕方までには、遺骨とともにお帰りになるはずですが……」

「そうですか。きょうが通夜ですね?」

「ええ、そう聞いております」

「後で弔問させてもらいます」

丹治は電話を切った。

ほとんど同時に、着信音が鳴った。すぐに丹治は携帯電話を耳に当てた。

未樹だった。

「わたしよ。三村将史が死んだわね」

「ああ。たったいま、新聞で焼死したことを知ったんだ。おそらく、三村氏は殺されたんだろう」

「わたしも、そう思うわ。娘が誘拐されてレイプされたばかりなのに、親が焼身自殺するなんて常識じゃ考えられないもの」

「そうだな」

丹治は相槌《あいづち》を打った。

未樹には、廃工場での出来事を話してあった。廃工場のかつての経営者は数年前に病死していた。その人物と敵のつながりはないと考えてもいいだろう。

「まだ部屋にいる？　手島聡に関する情報が少し集まったの」

「それじゃ、待ってるよ」

「三十分後には行けると思うわ」

未樹が先に電話を切った。

丹治は着替えを済ませ、大股で寝室を出た。洗顔をし、コーヒーを沸《わ》かす。

未樹は、ちょうど正午に訪れた。

二人はリビングソファに坐《すわ》った。未樹が写真の束を摑《つか》み出し、何枚か卓上に並べた。

キャビネ判だった。

「これが手島よ」

「どれ、どれ」

丹治は数葉の写真に目を落とした。手島は、どことなく落花生《らっかせい》の殻を連想させる顔立ちだった。

「手島は真面目人間そのもので、仕事が終わると、東雪谷の自宅にまっすぐ戻る日が多かったの。一昨日、ゴルフに出かけたのは珍しいことだったみたいよ」

未樹がそう言い、ゴルフ場の写真を横に並べた。

手島と一緒にプレイをしているのは、陶芸家の門脇恭一と明光興産の遠山社長だった。

　門脇との交際は納得できる。しかし、元やくざの遠山との結びつきがわからない。

「ここは多摩市の外れにある東京国際カントリークラブよ。手島とプレイしてる二人の男に見覚えは？」

「二人とも知ってるよ」

「会員は門脇で、後の二人はビジターなの」

「そうか。プレイが終わってから、三人はどうした？」

「別々に帰っていったわ」

「手島は、遠山と親しそうだった？」

「ううん、それほど親しそうには見えなかったわね。クラブハウスでは、ほとんど喋《しゃべ》ってなかったわ」

「それじゃ、門脇が手島と遠山を引き合わせたんだろう」

　丹治は言って、コーヒーをブラックで啜《すす》った。

　未樹もコーヒーカップを持ち上げた。ひと口飲んでから、彼女が言った。

「陶芸家と元やくざが、どうして親しくなったんだろう？　ちょっと意外な結びつきよね」

「ああ、そいつは、おれが調べよう。ところで、手島が金に困ってる様子はなかったか？」

「それはなかったわ。むしろ、分不相応《ぶんふそうおう》な暮らしをしてる感じだったわね。自宅は立派だったし、車もレクサスだったわ」

「博物館の副館長がそんな贅沢《ぜいたく》な暮らしをしてるのか。なんか引っかかるな」

「わたしも、そう思ったわ。手島は古美術商とつるんで、いいかげんな鑑定でもしてるんじゃない？」

「おそらく、そうなんだろう」

　丹治はセブンスターに火を点け、言い重ねた。

「三村将史が駒場《こまば》の『風雅堂』から、七点の浮世絵を買った話はしたよな？」

「ええ、聞いたわ。でも、その七点は贋作《がんさく》だったとかで、三村氏は売り主を告訴したのよね？」

「ああ。その浮世絵を鑑定したのが、手島聡だったんだよ。門脇が三村に手島を紹介したと言ってた」

「それじゃ、手島は七点の浮世絵が真作とわかっていながら、わざと贋作だと鑑定したわけ？」

「そう考えてもいいだろう。『風雅堂』の店主はそれを不服として、三村を反対に誣《ぶ》告罪《こくざい》で訴えた。敵のボスは浮世絵が裁判所の命令で再鑑定されることを恐れて、唐木に三村の書斎に忍び込ませたんだろう」

「つまり、首謀者は三村氏の誘拐に『風雅堂』が関与してると見せかけたわけね」

未樹が言った。

「ああ、それは間違いない。おれは三村に浮世絵の再鑑定を勧めておいたんだが、あれはどうなったんだろうか」

「三村氏に次々と問題がふりかかったから、まだ鑑定のやり直しは頼んでないかもしれないわね」

「多分、そうだろうな」

丹治は煙草の火を消した。

「手島を抱き込んだ奴がいるとしたら、陶芸家の門脇が臭いわね。門脇が三村氏に手島を紹介したって話だから」

「そうだな。それに、門脇は三村が浦上かすみという愛人を囲ってたことも知ってた。そのスキャンダルの情報をゴルフ仲間の明光興産の遠山に流し、三村に脅しをかけさせたのかもしれない」

「そうして目を逸《そ》らしておいて、門脇自身は眉《まゆ》の薄い男たちを使い、三村氏から三億円の身代金をせしめたんじゃない？　さらに二人の女を人質に取って、特許権を国に寄贈しろなんて奇妙な要求をした……」

「そう考えると、なんとなく話が繋がってくるな。ただ、浮世絵を盗み出して後《のち》に殺された唐木護と門脇の接点がないと、推理は成り立たない。それから、一連の事件の動機も不明だ」

「門脇は都内のゴルフ場の会員権を持ってるぐらいだから、お金には困ってないはずよね」

　末樹が言って、ロングサイズの細巻き煙草を箱から抓《つま》み出した。アメリカ煙草だった。

「そうとも言えないだろう。営利誘拐を企《たくら》んだ疑いが濃いからな」

「お金が目的なら、もっと高額を要求したんじゃない？　それから三村氏の娘や愛人を人質に取ったときも、お金を要求するはずだと思うけど」

「そうか、そうだろうな」

「真の狙《ねら》いはお金じゃなさそうね。特許権のことを考えると、それに関する怨恨《えんこん》が動機なのかもしれないわよ」

「怨恨か。しかし、陶芸家と特許権は結びつかないと思うがな」

　丹治は首を捻《ひね》った。

「門脇自身の恨みじゃなくて、身内や恋人が三村氏に何か悪い感情を持ってるとも考えられるんじゃない？」

「それなら、考えられるな」

「拳さん、そのあたりのことを少し調べてみたら？」

「そうしよう。とりあえず明光興産の遠山をもう一度、締め上げてみるよ」

「わたしは、もう少し手島をマークしてみるわ」

末樹がそう言い、煙草の火を消した。

「昼飯、何か奢《おご》るよ」

「なら、お寿司がいいわ」

「オーケー。それじゃ、ちょっと待っててくれ」

丹治は寝室に移り、クローゼットから黒いジャケットを取り出した。まさかレザーブルゾンで三村の通夜に顔を出すわけにはいかない。

ほどなく二人は部屋を出た。

富ケ谷《とみがや》に馴染《なじ》みの寿司屋があった。そこで昼食を摂《と》り、丹治は末樹を中目黒の自宅まで送り届けた。末樹は日中、自分の車をめったに走らせない。都心の渋滞に巻き込まれることが厭《いや》なのだろう。末樹の愛車はアルファロメオだった。イタリア製のセダンだ。

丹治は車を赤坂に向けた。

明光興産に着いたのは、三十数分後だった。

丹治はエレベーターの中で、ライターをハンカチですっぽりと包み込んだ。ちょっと見は拳銃《けんじゅう》の銃身に見えなくもない。

――どこまで小細工が通用するかな。バレたときはバレたときだ。

丹治は明光興産のドアを押した。

すぐそばに、口髭《くちひげ》をたくわえた男がいた。辻光司だ。辻が気色《けしき》ばんだ。

「て、てめえは」

「騒ぐと、撃《ハジ》くぜ」

丹治は右腕を突き出した。

辻が目を剝《む》いた。居合わせた六、七人の社員も後ずさった。高品《たかしな》というスキンヘッドの男はいなかった。

「遠山はどこにいる？」

「お、お、奥の社長室に……」

辻が震え声で答えた。

丹治は拳銃を構える振りをしながら、大股《おおまた》で奥に進んだ。

社長室のドアを無断で開けた。遠山が長椅子《ながいす》に腰かけ、ゴルフクラブを磨いていた。

弾かれたように立ち上がり、上擦《うわず》った声をあげた。

「そいつは拳銃《チャカ》か⁉」

「ああ。あんたのＰＭじゃないがな」

「なんの真似だっ」

「ちょっと訊《き》きたいことがあるだけだ。安心しろ」

丹治は右手を内懐に入れた。拳《こぶし》で、膨《ふく》らみをもたせた。

「話って、なんなんだ？」

「おととい、あんたは東京国際カントリークラブでゴルフをしたな。門脇や手島と一緒に」

「それがどうだって言うんだっ」

「門脇とは、どういうつき合いなんだ？」

「ゴルフ場のクラブハウスで顔見知りになって、時々、一緒にプレイしてるだけだよ」

「いつから、一緒にゴルフをするようになったんだ？」

「一年ぐらい前からだよ。あの先生とは個人的なつき合いはねえんだ。もちろん、名刺交換はしたがな」

遠山が言った。

「ほんとに、それだけのつき合いなんだなっ」

「ああ。なんなら、あの先生に確かめてみろよ。こっちは別にかまわねえぜ」

「あんたに三村の弱みを電話で告げ口した奴の声をよく思い出してみてくれ。その声は、門脇に似てなかったか？」

「そう言われりゃ、似てたような気もするけど、断定的なことは言えねえな。あの先生、何をやらかしたんだい？」

「余計なことには関心を持たないことだ」

丹治は遠山を睨《にら》みつけた。

「わかったよ」

「あんた、手島ともつき合いがあるのか？」

「手島って男は、陶芸家の先生の知り合いだよ。おれとは、まったくつき合いはねえんだ」

「一昨日、グリーンを回ってるとき、門脇と手島はどんな話をしてた？」

「さあ、よく聞いちゃいなかったからな。ふつうの世間話だったと思うよ。それから、鑑定がどうとかなんて話もしてたな」

「それは、浮世絵の鑑定のことか？」

「そこまではわからねえよ。ただ、手島はなんかびくついてる感じだったぜ。陶芸家の先生が、なだめてるふうに見えたな」

遠山が言った。

「そうか」

「きのう、三村が焼身自殺したな。でも、おれが追い込んだんじゃないぜ。おたくにビデオや写真を持ってかれてから、おれは三村に近づいてねえんだ」

「わかってる。ところで、門脇が三村のことを話題にしたことは？」

「一度もないよ」

「門脇のほうは、あんたが都心のビルを買い漁《あさ》ってることを知ってるな？」

「ああ、知ってるはずだよ。クラブハウスで一息入れてるとき、いつか話したことがあるからな。商才があるとか言って、あの先生、おれを持ち上げてくれたんだ」

「また汚え手を使ってビルを安く買い叩くつもりなら、おれが黙っちゃいねえぞ。そいつを忘れるなっ」

丹治は怒鳴りつけて、社長室を出た。

遠山がゴルフ場で小耳に挟んだことが事実なら、門脇への疑惑は動かしがたい。門脇が何かの代償と引き換えに、手島に浮世絵の真贋《しんがん》鑑定を意図的《いとてき》に逆にさせたのだろう。

丹治は社員たちを目で威嚇しながら、素早く明光興産を出た。

追ってくる者はいなかった。

2

合掌を解《と》いた。

丹治は祭壇を離れた。

奇妙な通夜だった。故人は、すでに骨箱に納まっている。弔問客たちは戸惑いを隠せない。三村家の仏間だ。

「このたびは突然のことで、お悔やみ申し上げます」

丹治は弥生と沙霧に型通《かたどお》りの挨拶《あいさつ》をして、広い仏間を出た。

玄関ホールに向かいかけると、背後で足音がした。丹治は振り返った。

沙霧だった。黒っぽいワンピースを着ていた。

「辛いだろうが、しっかりしなきゃな」

丹治は労《いたわ》り、励ました。

沙霧がうなずき、手にしているメモ帳に桃色のボールペンを走らせた。まだ彼女は喋ることができなかった。

メモが差し出された。筆談したいことがあります、と記《しる》されていた。

丹治は、二階の一室に通された。

十二畳ほどの洋室だった。二人はソファに腰かけた。向かい合う形だった。

沙霧が、ふたたびメモ帳に何か書きつけた。

メモは二枚だった。丹治は、すぐに目で文字を追いはじめた。流麗な文字だった。


どうか父の死の真相を探《さぐ》ってください。

父が焼身自殺などするわけがありません。きっと誰かに殺されたのです。

警察の調べによると、父は頭から灯油を被《かぶ》って自分で火を点けたということですが、わたしは、どうしても納得できません。

きのうの午後五時に、父は『風雅堂』の粕谷さんを迎えることになっていました。浮世絵のことで粕谷さんと係争中でしたが、父のほうから和解を申し入れたようです。だから、粕谷さんが湯河原の別荘まで足を運んでくれたのです。

粕谷さんが別荘に到着した午後四時五十五分には、すでに火は居間から別の部屋に燃え移りはじめていたそうです。それで、粕谷さんが別荘管理事務所まで車を走らせ、消防車を呼んでくれたという話でした。

それはともかく、そうした大事な約束があるのに、父が命を絶《た》つわけはありません。

遺書がないのも、とても不自然です。

そういうことから、わたしは父の自殺説に納得できないのです。

丹治さん、一度、湯河原の現場に行ってもらえませんか。もしかしたら、あそこに何か謎《なぞ》を解《と》く手がかりがあるかもしれません。


メモを読み終えた。

丹治は沙霧に言った。

「引き受けよう。実は、おれも親父さんが自ら死を選んだとは思えないんだ」

「……………」

沙霧が、ほっとした表情になった。

「親父さんは、浮世絵の再鑑定を誰かに頼んだんだね？　その鑑定家の名は？」

丹治は問いかけた。

沙霧が首を横に振り、両手を合わせた。わからないという意味だろう。

「そう。粕谷さんは、もう弔《とむら》いに来た？」

丹治は訊いた。

沙霧が首を横に振る。門脇恭一も来ていないらしい。

「取り込み中だろうが、ちょっとお継母《かあ》さんと話がしたいんだ」

丹治は言った。

沙霧が立ち上がって、ここにいて欲しいと身振りで示した。丹治は大きくうなずいた。沙霧が部屋から出ていった。

——急に喋れなくなったら、何かと不自由だろうな。早く言葉を取り戻してくれればいいんだが……。

丹治は密《ひそ》かに祈った。同時に、浦上かすみのことも気にかかった。

かすみは鬼頭とマー坊に犯された揚句、大型犬とも交《まじ》わされた。獣姦《じゅうかん》は、強姦よりも屈辱的だったにちがいない。神経が極端に細ければ、狂うだろう。かすみも心に深い傷を負ったはずだ。

金鋏《かなばさみ》でマー坊の性器を切断すべきだったのかもしれない。それほど罪は重いと言えよう。

ドアがノックされ、弥生が姿を見せた。

丹治は立ち上がった。

「お取り込み中のところ、申し訳ない」

「いいえ。どうぞお坐りになってください」

弥生がそう言い、自分もソファに腰を下ろした。

黒のワンピースで身を包んでいた。いくらか目が落ちくぼんでいる。薄化粧では、やつれは隠せなかった。

「ご主人が本当に自殺されたと思いますか？」

丹治は単刀直入に訊いた。

「わかりません。頭が混乱してしまって、考えがまとまらないんです」

「そうでしょうね。確証を摑んだわけじゃありませんが、今度のことは放火殺人だと思います」

「放火殺人⁉」

弥生が顔を上げた。

丹治は、自分が懐《いだ》いた疑念と沙霧から聞いた話をかいつまんで喋った。

「娘も主人の自殺に疑問を持ってたのね。悲しみに取り紛《まぎ》れていて、沙霧とそういう話をする余裕がありませんでしたけど」

「当然ですよ。ところで、消えた七点の浮世絵が会社の唐木護のデスクの中にあったことはご存じですね？」

「はい。その話は、夫から聞きました」

「それじゃ、わたしが三村氏に浮世絵の再鑑定を勧めたこともお聞きでしょ？」

「いいえ、そのことは知りません。なぜ、再鑑定の必要があるんです？」

「ご主人が粕谷氏から買った浮世絵は贋作《がんさく》ではなく、真作の可能性があるからですよ」

「それは、どういうことなんですか？」

弥生が問いかけてきた。

「ご主人は陶芸家の門脇恭一氏の紹介で、手島聡という男に浮世絵の鑑定を依頼したんでしたね？」

「ええ」

「手島は真作と知りながら、故意に贋作と鑑定した。そのことで、ご主人は粕谷忠幸を詐欺罪《さぎざい》で告訴してしまった。身に覚えがない粕谷のほうは名誉を傷つけられたと、逆にご主人を誣告罪《ぶこくざい》で訴えた。それが裁判沙汰《ざた》の経緯《いきさつ》でしたよね？」

「はい、そうです。でも、きのう、主人は『風雅堂』さんと和解したいと言ってましたから、きっと再鑑定をしてもらったんでしょう」

「ええ、そうだと思います。再鑑定で七点の浮世絵が真作だとわかったから、ご主人は和解の申し入れをしたんでしょう」

丹治は言った。

「そうなんでしょうね。でも、どうして手島さんは事実を曲げた鑑定をしたのかしら？」

「それは、門脇氏に頼まれたからでしょう」

「門脇先生が、なぜ、そんなことを⁉」

「自分を疑惑の圏外に置きたかったからでしょうね」

「まさか門脇先生が一連の事件を背後で……」

弥生は、さすがに最後まで言わなかった。教養と品性が軽はずみな言動を慎《つつし》ませたのだろう。丹治は門脇の不審な点を順序だてて話した。

「それでは先生が最初は粕谷さん、次は明光興産の犯行に見せかけて主人を誘拐させて三億円の身代金を……」

「ええ。そして、沙霧さんを拉致《らち》させたんでしょう。それだけじゃない。湯河原の別荘でご主人を殺したのも、彼かもしれないんですよ」

「とても信じられません」

弥生が呻《うめ》くように言った。

「門脇が〝荒鷲〟である疑いが濃いんだが、犯行動機がどうもはっきりしないんです。狙いが金だけとも思えない。沙霧さんを誘拐したとき、犯人側は特許権を国に寄贈し、過去一年間の特許使用料を福祉施設に寄附しろと命じてますね？」

「ええ。でも、あなたが娘を救出してくださったんで、どちらにも応じませんでしたけど」

「発明や特許権のことで、ご主人は門脇自身か彼の周辺の人間に逆恨《さかうら》みされてるんじゃないだろうか。そこで、発明に関することをうかがいたいんです」

「どんなことでしょう？」

「発明研究家たちの親睦《しんぼく》団体は、たくさんあるんでしょ？」

丹治は訊いた。

「正確な数はわかりませんけど、全国には三十団体以上の同好会があるようです。夫は、全日本エジソン協会の会長をしておりました」

「その組織の事務局は、どこにあるんです?」

「『三村エンタープライズ』のオフィスに同居してるんです。現在、会員数は百七十六人で、年に四回、機関紙を発行しています。年会費はわずか三千円ですから、三村がポケットマネーで機関紙を発行してたんです」

「当然、会員名簿はありますね?」

「はい。他の発明研究会とも交流がありますから、主だった組織の名簿はだいたい揃《そろ》ってます」

「見せていただけますか」

「はい。いま、お待ちします」

弥生が立ち上がり、部屋から出ていった。

数分すると、彼女は両手に名簿や機関紙を抱えて戻ってきた。丹治は名簿と機関紙を受け取った。

「見終わったら、ここに置いておいてください。わたし、お客さまのお相手をしなければなりませんので、これで失礼します」

弥生はそう言い残し、慌《あわ》ただしく階下に降りていった。

丹治は機関紙と名簿のすべてに目を通してみた。

しかし、門脇恭一の名も門脇姓も見当たらなかった。怪しい陶芸家に姉か妹がいて、嫁《とつ》いでいれば、姓は変わっているだろう。母方の身内は別姓のはずだ。かつての恋人や恩人が三村将史に何か恨みを持っていたとも考えられる。

〝荒鷲〟が執拗《しつよう》に三村家の人々を苦しめたことを思い起こすと、犯行動機は復讐《ふくしゅう》なのかもしれない。

丹治は腰を上げた。

階下に降りると、玄関ホールに『風雅堂』の粕谷が立っていた。丹治は歩み寄って、粕谷の肩を叩《たた》いた。

「先日は無礼なことをしてしまいました。どうかお赦《ゆる》しください。もう弔問は終わったんですか？」

「ええ。帰ろうとしてたとこです」

「ちょっとお訊きしたいことがあるんですが……」

「それじゃ、家の外に出ましょう」

粕谷が先に靴を履《は》いた。丹治も倣《なら》った。

二人はポーチの脇にたたずんだ。玄関灯の光で、足許は明るかった。

「別荘の火事を発見したのは、粕谷さんだったそうですね」

丹治は先に口を開いた。

「そうなんですよ。びっくりしました、きのうは。わたし、夕方五時に三村さんの別荘に呼ばれてたんです」

「三村氏から和解の申し入れがあったとか？」

「はい。例の浮世絵は再鑑定の結果、真作とわかったから、お詫《わ》びを兼ねて一献《いっこん》差し上げたいという電話をいただいたんです。なんだか責任を感じてしまいますね」

「責任？」

「ええ。だって、三村さんはあんなに騒ぎ立てて恥をかいたわけでしょ？　わたしも誣告罪で訴えて、事を大きくしてしまいましたしね。三村さんはプライドの高い方だったから、あんな形でしか償《つぐな》えなかったんでしょう」

粕谷は、三村の死になんの疑いも懐《いだ》いていない様子だった。

「そうなんだろうか」

丹治は低く呟《つぶや》いた。

「何か三村さんの自殺に不審な点でもあるんですか？　警察と消防署は現場検証の結果、焼身自殺と断定したようですよ」

「そうらしいですね」

「でも、なんとなくすっきりしないですよ。秘書の唐木さんが亡くなって間《ま》もないっていうのに、今度は三村社長だからね」

「ええ、まあ」

「今夜も冷えますねえ。それじゃ、お先に！」

粕谷はコートの襟《えり》を掻《か》き合わせ、門の方に歩いていった。

丹治はセブンスターに火を点けた。

半分ほど喫《す》ったとき、アプローチを歩いてくる人影があった。門脇恭一だった。黒っぽいコートを着ていた。

丹治は煙草の火を踏み消し、石畳に上がった。

「先生、どうも！」

「やあ、あなたでしたか」

門脇が足を止めた。

「びっくりされましたでしょ？」

「ええ。朝刊を見て、一瞬、自分の目を疑いましたよ。きのうは深酒をして、二日酔い状態でしたんで、悪い夢でも見てるんじゃないかと思いましてね」

「きのうは何か祝いごとでも？」

丹治は訊いた。

「知り合いの洋画家が銀座の日進《にっしん》画廊で個展をやってるんですが、きのうは初日のオープニング・パーティーがあったんですよ。美術大学の仲間たちが久しぶりに揃ったもんだから、なんか盛り上がっちゃいましてね」

「それはよかったじゃないですか。オープニング・パーティーは何時ごろから？」

「夕方の五時からでした。画廊の立食《りっしょく》パーティーでさんざん飲み喰《く》いして、そのあと仲間たちと五軒もバーやクラブを回っちゃいましてね。結局、王禅寺の家に帰ったのは午前三時過ぎでした」

「そうですか」

「わたしが酔っ払って騒いでるとき、もう三村さんはこの世にいなかったんですね。そう考えると、なんだか申し訳ない気がして……」

門脇がしんみりと言い、急にうつむいた。

――この男が喋ったことが事実なら、湯河原で三村を焼き殺すことはできない。別荘が火事になったのは、きのうの午後五時前だ。ほぼ同じ時刻に、こいつは銀座の日進画廊にいたと言ってる。いや、待てよ。タイマー付きの発火装置を使えば、犯行も可能になってくるな。

丹治は胸底で呟いた。

「あなたは、もう焼香されたんでしょ？」

「ええ」

「わたしは、これからですので……」

門脇が目礼した。

丹治は路《みち》を譲り、歩きだした門脇に言った。

「いつか門脇さんに、荒鷺の置物を創《つく》ってもらいたいな」

「えっ」

門脇が立ち止まり、ゆっくりと振り向いた。気のせいか、その表情は強張《こわば》って見えた。

「どうです？」

「思い上がった言い方になるかもしれませんが、わたしは陶芸家です。そういう類《たぐい》の置物は創る気はありません」

「そいつは残念だな。あなたと荒鷺は、相性がいいと思ったんだがな」

丹治は、ふたたび揺さぶりをかけた。

門脇は明らかに不快そうな顔で、鋭く睨《ね》めつけてきた。丹治も睨《にら》み返した。

先に視線を外したのは門脇だった。門脇はポーチに駆け上がり、そのまま玄関の中に消えた。

――あのリアクションは普通じゃないな。門脇が何かトリックを使って、直《じか》に放火殺人をやったのかもしれない。

丹治はそう思いながら、門扉《もんぴ》に足を向けた。

門の手前の暗がりに、徳山が立っていた。

「こんな寒い所で何をしてるんです？」

「おたくを待ってたんですよ」

「おれを？」

丹治は徳山と向かい合った。

「ええ。実は一昨日の午後、おれ、庭の隅にある排水溝の中で妙な物を見つけたんですよ。千代さんの落ち葉掃《は》きを手伝っててね」

「妙な物？」

「これです」

徳山が上着の右ポケットから、光る粒《つぶ》を抓《つま》み出した。ダイヤモンドだった。二カラットはありそうだ。

「指輪の台座から転げ落ちたんだな」

「そうなんだと思います」

「徳山さん、そのダイヤに見覚えは？」

「多分、奥さんの物だと思います。それから、千代さんの話によると、浮世絵がなくなった日の次の朝、排水溝の中がすごく整髪料臭かったらしいんだよね」

「どんな整髪料の匂《にお》いだったんだろう?」

丹治は早口で訊いた。

「おれが使ってるヘアトニックと同じ匂いだったらしいんだ。だから、おれ、奥さんが整髪料を排水溝に撒《ま》き捨てるとき、このダイヤを落としたんじゃないかと思ったんだけど……」

「そのダイヤ、ちょっと預からせてもらえないかな」

「いいですよ。でも、はっきりとした証拠が出てくるまで、奥さんを悪者扱いしないでくださいね」

徳山がそう言って、ダイヤモンドを差し出した。丹治は宝石を上着の内ポケットにしまい、小声で確かめた。

「唐木と弥生夫人が植え込みの陰で抱き合ってたという話は間違いないんでしょ?」

「ああ、それはね。だけど、それだけで奥さんが唐木とつるんで、社長の浮世絵を持ち出したと決めつけるのは早計かもしれないな」

「消えた七点の浮世絵は、唐木の仕事机の中にあったんですよ」

「そうなんですか。それじゃ、唐木が盗んだということに?」

「そうとは限らないな。唐木が浮世絵を持ち出したんだとしたら、わざわざ自分が犯人だと言ってるようなもんでしょ?」

「ええ、そうですね。となると、奥さんが唐木の犯行と見せかけて自分で書斎から持ち出したってことに？」

「その可能性はあるな。そして、弥生夫人は持ち出した七点の浮世絵をこっそり唐木の職場のデスクに入れといた」

「奥さんが、なんでそんなことをしなくちゃならないんだっ」

徳山が声を尖《とが》らせた。

「おおかた弥生夫人は、唐木に何か弱みを握られてたんでしょう。そんなことで、唐木に言い寄られてたのかもしれない」

「そんなことはないと思うけどな。それに唐木は、もう三、四カ月前にヘアトニックを変えてるんですよ」

「弥生夫人は、徳山さんを浮世絵泥棒に仕立てる気だったんじゃないかな」

「えっ、このおれを⁉」

「おそらく悪意はなかったんだろう。とにかく自分が疑われないようにしたかっただけなんだと思いますよ」

「どっちにしても、いまの話、おれは信じたくないね」

「弥生夫人に、中年男から電話がかかってくるようなことはなかったかな。徳山さん、千代さんから何か聞いてない？」

「……」

「教えてくれないか。徳山さんに迷惑はかけませんよ」

丹治は掻《か》き口説《くど》いた。

徳山が一呼吸の間を置いてから、ためらいがちに言った。

「千代さんの話をそのままストレートに喋るんだけど、結婚してから年に六、七度、奥さんのとこに中年の男が電話をしてきたらしいんだ」

「そいつの名前は？」

「男は『ゼネラル・アート』の者というだけで、いつも自分の名前は名乗らなかったらしい」

「その男から電話がかかってくるたびに、弥生夫人は出かけてたの？」

「そうみたいだね。でも、たいてい三、四十分で戻ってきたって言うから、浮気相手じゃないでしょ？」

「そんな短い時間じゃ、ホテルかどこかで密会してたわけではなさそうだな。電話では話せないような情報を交換してたんだろうか」

「あるいは、金をせびられてたとかね」

「それも考えられるな。それはそうと、湯河原の別荘のある場所を詳《くわ》しく教えてもらえないだろうか」

丹治は言った。

徳山が訝《いぶか》った。丹治は、三村が殺された可能性があることを手短に話した。

すると、徳山は別荘のある場所を丁寧《ていねい》に教えてくれた。湯河原新道から、少し城山《しろやま》の方に入ったあたりにあるらしかった。

丹治は徳山と別れ、三村邸を走り出た。

自分の車に乗り込み、電話番号案内に日進画廊の電話番号を問い合わせる。すぐに銀座の日進画廊に電話をかけた。画廊には、経営者がいた。丹治は新聞社の美術記者になりすました。

昨夕、気鋭の洋画家の個展のオープニング・パーティーがあったことは事実だった。門脇が午後五時から八時近くまで、画廊にいたことも間違いなかった。

丹治は電話を切り、ヘッドライトを灯《とも》した。

光の先に、浦上かすみがいた。かすみは三村邸の石塀に花束を凭《もた》せかけ、屈《かが》んで両手を合わせていた。

丹治はライトを点滅させた。

かすみが丹治に気づき、駆け寄ってきた。ロシアン・セーブルの暖かそうなコートを着ていた。下は黒のウールスーツだった。

「寒いから入れよ」

丹治は助手席のドアを押し開けた。かすみが乗り込んできた。

「こないだは南青山のマンションまで送れなくて、悪かったな」

「ううん、いいの」

「三村氏のこと、びっくりしたろう？」

「うん、とってもね。今朝から泣き通しだったの。パパとはお金だけで繋がってると思ってたんだけど、いざ死なれてみると、なんだか無性《むしょう》に悲しくてね。でも、通夜やお葬式に出られる立場じゃないんで、そっとお別れにきたの」

「いい娘《こ》だな、きみは」

「わたし、近いうちに安いワンルームマンションに移って、またパーティー・コンパニオンの仕事をしようと思ってるの」

かすみが明るく告げた。

「まだ若いんだから、そのほうがいいな」

「パパの娘、わたしのことを奥さんに喋っちゃったかしら？」

「そういう気配はうかがえなかったよ」

丹治は答えた。

「それなら、よかったわ。そういえば、彼女、ちゃんと喋れるようになった？」

「いや、まだ言葉を失ったままなんだ」

「かわいそうに。でも、心配ないわよ。そのうち、きっと喋れるようになるわ。わたしも高二のとき、新島《にいじま》に遊びに行って輪姦されたことがあるの。そのとき、ショックで三日間、口が利けなかったんだけど、突然、ちゃんと喋れるようになったから」

「そんなことがあったのか。きみは強いんだな」

「レイプされたくらいでめそついていたら、男たちになめられるでしょ？」

「きみが元気なんで、安心したよ。マンションに帰るんだったら、送ってやろう」

「ううん、いいの。今夜はパパが連れてってくれたレストランやバーを全部回るつもりなんだ。それで、センチメンタルな気分とはお別れね。それじゃ、お元気で！」

かすみは車を降りると、夜道をまっすぐ突き進んでいった。迷いのない足取りだった。

丹治は車をスタートさせた。行き先は湯河原だった。

3

月が雲に隠れた。

とたんに、闇《やみ》が濃くなった。周囲の自然林は、まるで墨絵だった。

丹治は懐中電灯を手にして、火事場に屈《かが》み込んでいた。

三村の別荘は、小高い山の中腹にあった。

敷地の半分近くは傾斜地だが、優《ゆう》に五百坪はありそうだった。山荘が建っていたのは、敷地のほぼ中央だ。

いまは梁《はり》や柱の一部が残っているだけで、あらかた焼け落ちている。

眺めはよかった。前方に相模灘《さがみなだ》の漁火《いさりび》、後方に奥湯河原温泉街の灯《ひ》が見える。あたりには別荘が点在しているが、隣家はだいぶ離れていた。麓《ふもと》には蜜柑《みかん》畑が拡《ひろ》がっている。

ここに着いたのは、およそ二時間前だった。すでに午後十一時を過ぎていた。

この山荘に来る前に、丹治は地元紙の社会部記者に会ってきた。

その記者の話によると、三村の黒焦《くろこ》げ死体の気管や気管支には煤煙《ばいえん》が吸い込まれていたらしい。つまり、出火時には、まだ三村は生きていたことになる。

大きな外傷はなく、体内からも毒物は検出されなかった。そのことから、警察は当初、自殺説に傾いたようだ。

しかし、いまは他殺の疑いを持ちはじめているという。

その根拠は、自殺の動機が稀薄《きはく》なことと別荘の敷地内の隅に微量の火薬と岩塩が落ちていたことらしい。

微量の火薬と岩塩——。

犯人が鉛の弾丸の代わりに、岩塩の塊《かたまり》を使ったとは考えられないだろうか。岩塩なら血液に溶けてしまい、体内には残らない。犯人は動けなくなった三村を焼殺したのではないのか。

丹治は櫟《くぬぎ》の枝で、灰や燃え滓《かす》を掻《か》き起こしつづけた。居間のあった場所だ。足許《あしもと》は湿っていた。歩くたびに、靴底が濡《ぬ》れた灰に沈んだ。ひどく歩きにくい。

居間は十五畳ほどの広さだった。

三村の焼死体のあった場所を示すものは何もなかった。丹治は根気強く足許を照らしつづけた。だが、タイマーや発火装置の破片はどこにも落ちていない。

いつしか懐中電灯の光が弱まっていた。スペアの電池は車の中にはなかった。焦《あせ》りが募《つの》った。

午前零時が近づいたころだった。

丹治は靴の底を滑らせ、危《あや》うく転がりそうになった。

足許を照らすと、分銅《ふんどう》に似た鉄の塊が落ちていた。摑み上げ、匂いを嗅《か》いでみた。かすかに蠟《ろう》の匂いがした。

──トリックに蠟燭《ろうそく》が使われたのかもしれないな。だとしたら、この鉄の塊は燭台《しょくだい》に使ったんだろう。

ふと丹治は子供のころの出来事を思い出した。

ある年の盆踊りの晩、近くの家が火事で焼けてしまった。出火当時、その家の者はすべて盆踊りに出かけていて留守だった。戸締まりはされていた。最初は、漏電による出火と思われた。しかし、後《のち》に意外な出火原因が明らかになった。

二匹の飼い猫がじゃれ合っていて、蚊取り線香を転がしてしまったのである。蚊取り線香の火は畳に燃え移り、大きくなった炎は障子戸《しょうじど》を呑《の》んだ。

丹治は推理しはじめた。

犯人は三村に岩塩でこしらえた弾丸を撃ち込み、灯油を浴びせた。手足を縛った可能性もある。居間の床にも灯油を撒《ま》き、その近くに太い蠟燭を立てておいた。

蠟燭の底部には、灯油に浸した紙縒《こより》を嚙ませていたにちがいない。むろん、紙縒の先端は油溜《ゆだ》まりに這《は》わせておく。

燃え尽きかけた蠟燭の炎は紙縒に燃え移り、一気に火の勢いは強くなった。床を舐《な》めた炎が、身動きできない三村の体を包む。

蠟燭の芯《しん》が燃え落ちるまで、数時間はかかるだろう。

その間に犯人は、自分のアリバイを工作しておく。湯河原から銀座までの所要時間は、二時間もあれば充分だ。こうして門脇は三村の別荘を出て、銀座の日進画廊に顔を出したのではないか。

アリバイトリックを看破《かんぱ》しただけでは、門脇が三村を殺したとは断定できない。門脇が事件当日、この別荘を訪れたという証拠が欲しかった。別荘地の管理事務所の者が門脇の姿を目撃しているかもしれない。

真夜中だが、管理事務所に行ってみることにした。

丹治は鉄の塊を捨て、火災現場から出た。

アプローチを半分ほど進んだとき、暗がりから黒い影がぬっと現われた。人影は大きかった。

丹治は懐中電灯の光を向けた。

鬼頭だった。眉の薄い男は厚手のセーターの上に、フード付きの青いパーカを羽織《はお》っていた。女空手使いの姿はなかった。

「溝口敦子って女は、どこに隠れてるんだっ」

「てめえひとりを殺《や》るのに、女の手助けはいらねえよ」

鬼頭が言った。醒《さ》めた口調だった。

「おまえらは門脇に飼われてたんだなっ」

「さあな」

「雇い主の名は口が裂けても、言えないってわけか」

丹治は懐中電灯を握り直した。

アプローチには傾斜がついていた。自分の立っている場所のほうが高かった。

「楽に死なせてやらあ」

鬼頭がパーカを脱ぎ捨て、やや腰を落とした。四股立《しこだ》ちだった。

接近戦に持ち込まれたら、勝ち目はないかもしれない。

丹治は動かなかった。二人は睨《にら》み合った。

月が雲から出た。月明かりで、鬼頭の顔がはっきりと見えるようになった。

丹治は懐中電灯を消した。

そのとき、鬼頭が気合を発した。逞《たくま》しい両腕を羆《ひぐま》のように掲《かか》げ、一直線に駆け登ってきた。組みついて、一気に勝負をつけたいのだろう。敵の肚《はら》は読めた。

丹治は、ぎりぎりまで待った。

鬼頭の腕が伸びてきた。丹治は横に跳《と》び、懐中電灯で鬼頭の額を強打した。小気味いい音が返ってきた。

鬼頭の体が沈んだ。

すかさず丹治は横蹴《よこげ》りを放った。ヒットした。鬼頭の片方の膝《ひざ》が落ちた。

丹治は足を飛ばした。風が生まれた。

前蹴りは相手の胸に入った。鬼頭が呻いた。仰向けに引っくり返り、アプローチを逆《さか》さまに転がり落ちていった。

丹治は待たなかった。

アプローチを駆け降りた。降りながら、蹴りを放つ気になった。片足を浮かせたとき、鬼頭に軸足《じくあし》を摑《つか》まれた。

体のバランスが崩れた。

丹治は尻《しり》から落ちた。斜面を滑りながら、鬼頭の頭頂部に懐中電灯を叩きつける。筒の部分が潰《つぶ》れ、電球が吹っ飛んだ。乾電池も筒から抜け落ちた。

「この野郎！」

鬼頭が伸び上がって、のしかかってきた。

丹治は転がろうとした。だが、間に合わなかった。首に両手を掛けられた。すぐに丹治は顎《あご》を引いた。同時に、ショートフックを浴びせた。左だった。

懐中電灯の筒で、鬼頭の顔面を突く。鬼頭が唸《うな》りながら、片手で筒を払い飛ばした。

丹治は鬼頭の胸板を押し上げた。

鬼頭のもう一方の手も首から外れた。丹治は横に転がった。鬼頭の体が離れた。

二人は、そのままアプローチを滑り降りた。

縺《もつ》れ合いながら、丸太の門柱にぶつかった。ほとんど同時に、二人は素早く半身を起こした。

丹治は先にパンチを繰り出した。三発のフックを浴びせ、ショートアッパーで顎《あご》を浮かせた。相手の骨が鈍く鳴った。

鬼頭が門柱に背をぶち当てた。すぐに飛び膝蹴りを見舞った。

丹治は立った。鬼頭が前屈みになった。呻きは長かった。

丹治は数歩、退《さ》がった。

サイドステップを踏みながら、左右の回し蹴りを浴びせた。

鬼頭の体が左右に大きく揺れた。

丹治は、わざと隙《すき》を与えた。鬼頭が立ち上がったら、首をロックし、顔面に強烈な膝蹴りを入れるつもりだった。タイ語でティー・カウ・トロンと呼ばれている膝蹴りは、止《とど》め技《わざ》の一つだ。

丹治は、鬼頭の頭をホールドした。

両腕をきつく締める前に、頭突きを喰らってしまった。腰がふらついた。鬼頭が組みついてきた。万力《まんりき》のような強さだった。

丹治は逃げ切れなかった。

体を掬《すく》い上げられた。次の瞬間、丹治は鬼頭の背後に投げ飛ばされた。ビクトル投げだ。腰を強く打った。息も詰まった。

丹治は起き上がる前に、膝十字固めを極《き》められてしまった。

痛い。いまにも膝が音をたてて砕けそうだ。

丹治はパンチと肘打《ひじう》ちで応戦した。しかし、ほとんど効果はなかった。

「膝の関節を痛めつけたら、首の骨をへし折ってやらあ」

鬼頭が余裕たっぷりに言った。顔には歪《いびつ》な笑みが浮かんでいた。

脂汗《あぶらあせ》がにじんだ。時々、気も遠くなった。

丹治は地べたを手探《てさぐ》りした。

すぐに拾い上げた。これで、反撃のチャンスを摑んだ。笑みが零《こぼ》れそうだった。

丹治は激痛を堪《こら》えて、勢いよく跳ね起きた。石ころで、鬼頭の顔面を殴打した。

「て、てめえ、卑怯《ひきょう》だぞ」

「これは遊びじゃねえんだ。殺し合いだっ」

丹治は石で相手の顔を叩きつづけた。

数回ぶっ叩くと、鬼頭の脚《あし》から力が抜けた。顔は血みどろだった。

丹治は起き上がった。

鬼頭がタックルしてきた。丹治は膝頭で、顔面を蹴り上げた。鬼頭が仰向けに転がった。

丹治は、血塗れの石を繁みに投げ捨てた。

鬼頭が起き上がった。丹治は先に仕掛けた。

ローキックで相手の体のバランスを崩させ、回し蹴りを見舞う。鬼頭が転がった。起き上がるのを待って、得意の〝稲妻ハイキック〟を放つ。

鬼頭は雷に打たれたように体を折り曲げ、そのまま地に崩れた。

「立ちやがれ！」

丹治は大声で命じた。いつからか、体が汗でじっとりと濡れていた。

鬼頭が身を起こした。

丹治は、ふたたび〝稲妻ハイキック〟を浴びせた。鬼頭は倒れたが、また立ち上がった。丹治は飛び蹴りを見舞った。

鬼頭が朽木《くちき》のように倒れた。それきり動かなくなった。しかし、まだ呼吸はしている。

「さすがは元道場破りだな。並の男なら、とっくにくたばってる」

丹治は鬼頭に歩み寄った。

「殺《や》るなら、早く殺《や》れ！」

「くたばる前に、喋ってもらおう。おれを殺せと命じたのは、門脇恭一だなっ」

「忘れちまったよ」

「てめえの命よりも雇い主が大事だってわけか」

「おれがくたばっても、きさまは敦子に倒される。あいつは、昔、おれの女房だったんだ。必ずおれの仇《かたき》は討ってくれるだろう」

「おまえ、女房と道場破りをしてたのか⁉」

「そうだよ。いつの間にか、敦子はおれよりも強くなってた。あいつは、自分よりも格闘技に長《た》けた男が好きなんだ。自分より弱い男は虫けらと思ってる。おれは負け犬だ。早く楽にしてくれ」

鬼頭が急《せ》かした。

「おまえの運を試《ため》してやろう」

「運を試す？」

「そうだ。立て！　おれの渾身《こんしん》のハイキックを受けてもくたばらなかったら、今夜は見逃してやる」

丹治は言った。

鬼頭が少しためらってから、身をゆっくりと起こした。その瞬間だった。不意に鬼頭が左胸を押さえた。呻きは短かった。

胸に矢が深々と刺さっていた。洋弓銃《ボウガン》の矢だった。かなり長い。五十センチはあるだろう。

鬼頭が頽《くずお》れた。

丹治は振り返った。焼け落ちた別荘の右側の林の中に人影が見えた。体型から察すると、男のようだった。

丹治はアプローチを駆け上がった。

林の中から、ふたたび矢が放たれた。鏃《やじり》は、丹治のこめかみの近くを通過していった。危なかった。

ひやりとしたが、丹治は怯《ひる》まなかった。

すぐさま櫟林《くぬぎばやし》の中に入った。影が逃げていく。

犬を伴っていた。丹治は目を凝《こ》らした。ボクサーだった。逃走中の男は、門脇だろう。

丹治は追った。

林を抜けると、丘陵地に出た。灌木《かんぼく》が疎《まば》らに生えている程度で、割に見晴らしはよかった。ほくそ笑《え》みかけたとき、またしても月が雲に隠れてしまった。にわかに、闇が深まった。

人影は掻き消えていた。

大型犬の姿も見えなくなった。どこかに身を潜《ひそ》めたのだろう。

丹治は暗がりを透《す》かして見た。

動く影はない。樹木の小枝が風に揺れているだけだった。足音も響いてこない。

丹治は地面に耳を押し当てた。

土は冷たかった。下生えも凍りかけていた。夏とは違って、草の熱気は薄い。樹木や樹葉の匂いも淡かった。

数分後だった。

急に走る足音が聞こえた。それほど遠くはなかった。

丹治は顔を上げた。気色っぽい帆のようなものが見えた。ハング・グライダーだった。

作務衣《さむえ》姿の門脇がハング・グライダーを背負って、丘の斜面を懸命に駆け降りている。

門脇の腰にしがみついているのは、ボクサーだった。犬の背には、白い結束バンドが数本回されていた。

「待ちやがれっ」

丹治は丘に飛び出した。

ちょうどそのとき、ハング・グライダーが離陸《テイク・オフ》した。ハング・グライダーはふわりと舞い上がり、うまく風に乗った。

丹治は斜面を勢いよく下《くだ》った。

ハング・グライダーは高度を上げ、見る見る遠ざかっていった。丘を下《くだ》りきった先には、原生林が拡《ひろ》がっている。

門脇は、その先の平坦地《へいたんち》のどこかに舞い降りる気なのだろう。車で追うほか術《すべ》がない。

丹治はハング・グライダーの方向を目で確認しながら、丘を駆け登りはじめた。ほどなく櫟林に達した。ハング・グライダーは、もう見えなかった。

火事場の脇を抜け、アプローチをたどる。

鬼頭は前屈《まえかが》みの姿勢で死んでいた。死体には手を触れずに、三村家の別荘から走り出る。

もはや管理人事務所を訪ねる必要はない。三村将史は、門脇恭一に焼き殺されたにちがいなかった。

丹治はジャガーに飛び乗った。

山道を下《くだ》りはじめた。すぐにフットブレーキがおかしいことに気づいた。鬼頭か門脇が、ブレーキオイルを抜いたのだろう。

丹治はアクセルペダルから足を外した。

だいぶ惰性《だせい》がついていた。車の速度は、いっこうに落ちない。

走るにつれ、スピードが増していく。丹治は焦《あせ》った。恐怖も湧《わ》いた。

山道は蛇行《だこう》していた。

コーナーに差しかかるたびに、車体が樹木に激突しそうになった。そのつど、戦慄《せんりつ》に取り憑《つ》かれた。叫びたくなるのを必死に堪《こら》えた。

――なんとかなる。落ち着くんだ。

丹治は自分に言い聞かせ、イグニッションを切った。

ハンドブレーキをゆっくりと引っ張る。ガードレールなどはない。速度が少しずつ落ちてきた。頬《ほお》の強張《こわば》りがほぐれた。

左手に楢《なら》の木が行儀よく並んでいる。

丹治は車を左に寄せた。小枝を薙《な》いでいるうちに、さらにスピードが緩《ゆる》んだ。ひとまず安堵《あんど》する。

丹治は、わざと車を樫《かし》の大木にぶつけた。

車が停まった。衝撃は軽かった。どこも痛くない。フロントバンパーが傷《いた》んだだけのようだ。

――これじゃ、門脇を追えない。ＪＡＦに電話するか。

丹治は携帯電話を手に取った。

そのとき、着信音が響いた。未樹からの電話だった。

「手島聡が門脇に頼まれて、浮世絵の真作をわざと贋作と鑑定したことを認めたわよ」

「おまえさん、どうやって……」

「うふふ。手島に色目を使って、わざと挑発してやったの」

「どこで？」

「地下鉄電車の中でよ。あいつ、もろにお尻にタッチしてきたの。それで大声出したら、近くにいた人たちが取り押さえてくれて、駅員室に突き出してくれたのよ。駅員は一一〇番するって言ったんだけど、わたしが止めてやったわけ。その代わり、そのあと手島を少しばかり脅してやったのよ。そうしたら、渋々、白状したの」

「うまい手を使ったな」

「手島は謝礼に門脇から二百万円貰《もら》ったそうよ。それからね、門脇が三村将史を恨んでる理由《わけ》もわかったわ」

「どんな恨みを懐《いだ》いてたんだ？」

「手島の話によると、門脇の姉の旦那が昔、三村の発明家仲間だったらしいのよ。左《さ》近盛康《こんもりやす》という名らしいんだけど、二十年前にアイディアを三村に盗まれて、先に十数件の特許権を取られてしまったんだって」

「それで？」

丹治は先を促した。

「左近盛康はそのことを恨みながら、去年、病死したらしいの。門脇の姉は発明に夢中だった夫に、だいぶ生活の苦労をさせられて体を悪くし、いまは人工透析を受けてるんだって。それで弟の門脇が姉を気の毒に思って、三村から金を引き出す気になったそうよ」

「三村が左近って男のアイディアを盗んだことは事実なのか？　単なる言いがかりとも考えられるぞ」

「そのへんは、拳《けん》さんが調べてよ」

「わかった、そうしよう。手島は、門脇に女の協力者がいるとは言ってなかったか？」

「ううん、そういうことは何も言ってなかったわね。女って、誰のことなの？」

「いや、そのことはいいんだ」

「電話、ちょっと遠いみたいね？　どこにいるの？」

未樹が訊《き》いた。

丹治はシートを倒し、事の経過を喋りはじめた。

4

弥生の顔色が変わった。

ダイヤモンドを卓上に置いた瞬間だった。

丹治は暗い気分になった。予想していた反応だったが、胸の裡《うち》が厚く翳《かげ》った。

三村邸の応接間である。

二人はソファセットに腰かけていた。沙霧は総合病院の神経科に出かけたらしく、家にはいなかった。

門脇にまんまと逃げられてしまったのは、四日前である。

その翌日、丹治は門脇の家に行ってみた。しかし、王禅寺のアトリエは無人だった。工房の中を調べてみると、岩塩の袋と火薬があった。鉄パイプでこしらえた密造銃や麻縄も見つかった。門脇が三村殺しの犯人であることは、もはや疑いの余地がない。

丹治はアトリエを出ると、門脇の姉宅に回った。そこにも門脇はいなかった。

ついでに丹治は、左近盛康の三村に対する恨みについて探《さぐ》ってみた。左近が三村にアイディアを盗用されたという事実はなかった。

門脇は、怠《なま》け者で誇大妄想癖《こだいもうそうへき》のあった義兄の話を鵜呑《うの》みにしてしまったらしい。

病身の姉は、弟の独善的《どくぜん》な犯行を恥じていた。弟から何か連絡があったら、丹治に電話をくれることになっていた。しかし、いまのところ、なんの連絡もない。

「これは、あなたの指輪の台座から落ちたダイヤですね？」

丹治は弥生に訊いた。極力《きょくりょく》、感情は抑《おさ》えた。

「は、はい。庭のどこかで落としたんだと思います」

「これが発見されたのは、庭の隅にある排水溝の中でした。あなたは、そこに柑橘系《かんきつ》のヘアトニックを捨てましたね。ダイヤは、そのときに落としたんでしょう。違いますか？」

「…………」

弥生はうなだれたまま、蒼《あお》ざめた顔を上げようとしなかった。図星だったようだ。

「門脇に唆《そその》かされて、あなたがご主人の書斎から七点の浮世絵をこっそり持ち出し、唐木護の机の中に入れたんでしょ？　あなたが門脇の共犯者だったとはね。いまでも信じられない気がしますよ。あなたは、いつから門脇の彼女になったんです？」

「いいえ、そうじゃないの。わたしは唐木と門脇の二人に脅されて、協力を強《し》いられたんです」

「協力を強いられた？」

丹治は訊《き》き返した。

「ええ。わたし、三村と結婚する前に妻子のある彫刻家と恋愛関係にあったんです」

「その話は、亡くなった三村氏から聞いてます。その彫刻家は妻とあなたの間で揺れて、自殺したんでしたね？」

「その話は、少し事実と違うんです。彼が思い悩んで駅のホームから電車に飛び込んだのは事実なんですけど、死ねなかったんです。でも、両脚切断という重傷でした」

「その話は嘘《うそ》じゃないんだねっ」

「ええ、事実です。彼がそんな体になったら、妻子は逃げてしまったんです。わたしは、彼と暮らしてもいいと思っていました。しかし、彼がそれを拒絶したんです」

　弥生がいったん言葉を切って、すぐに言い継いだ。

「彼は生活のために、『ゼネラル・アート』という石材店で働くようになりました。でも、ハンデのある体ですから、あまり無理はできなかったんです。それで、わたしは時々、彼に経済的な援助をしてあげてたんです。それを唐木に覚《さと》られてしまい、言い寄られるようになったわけです」

「門脇には、どんな弱みを握られてたんです？」

「唐木に庭で無理やりに唇を奪われたところを見られてしまったの。門脇は、わたしと唐木が不倫の仲だと勘違いしたようです。あの男は、そのことを種《ネタ》にして、浮世絵を唐木が盗んだことにしてくれと言ってきたんです」

「旦那に彫刻家が生きてることをちゃんと打ち明けてれば、こんなことにはならなかったのにな」

「おっしゃる通りです。わたしが愚《おろ》かでした。昔の恋人のことで三村に妙な誤解をされたくなかったばかりに、多くの人たちを不幸にして、夫まで失う羽目になってしまって。三村が門脇に誘拐されて、三億円の身代金を奪われたとき、夫やあなたに何もかも打ち明けるべきでした」

「そうですね」

たの」

丹治は言った。

「でも、わたしは昔の恋人の面倒を見てることをどうしても夫には知られたくなかったの」

「いまも、昔の男に惚《ほ》れてるんだね？」

「いいえ、かつての愛情はもうありません。いまは、同情と憐《あわ》れみを感じてるだけです。でも、そのことが後ろめたくて、三村の愛情を素直に受け入れられなかったの。夫が、浦上かすみさんに安らぎを求めたのも無理はないと思います」

弥生の喋り方は自然だった。自分の感情を圧《お》し殺しているようには聞こえなかった。

「ご主人が浦上かすみの世話をしてることは、どうしてわかったんです？」

「唐木が教えてくれたんです。彼は三村も適当に遊んでるんだから、わたしにも浮気をしろとけしかけたんです。でも、わたしは唐木とベッドを共《とも》にしたことは一度もありません。それだけは信じてほしいの」

「信じましょう。唐木が浦上かすみの部屋からビデオを盗み出したことは、ご存じだったのかな？」

丹治は問いかけ、セブンスターに火を点けた。

「ビデオって、なんですの？」

「ご主人と浦上かすみが映ってる情事のビデオですよ。それが、ビル乗っ取り屋の明光興産に渡ってたんです。あなたがビデオのことを知らなかったんなら、おそらく門脇は唐木のほうも脅してたんでしょう。そして、三村氏のスキャンダルの証拠映像を入手したにちがいありません」

「門脇を殺してやりたい気持ちです。身代金を奪っただけじゃなく、沙霧ちゃんをひどい目に遭《あ》わせて」

　弥生が下唇を噛んだ。

「ご主人は自分で死を選んだんじゃない。門脇に殺されたんですよ」

「えっ」

「門脇はちょっとしたトリックを使って、三村氏を巧妙に焼き殺したんです」

　丹治は謎解きをしてみせた。

　話し終えると、弥生は泣き崩れた。丹治はフィルター近くまで短くなった煙草を灰皿に投げ入れた。フィルターを抓《つま》んで、火を揉《も》み消す。

　しばらくすると、弥生が泣き熄《や》んだ。

「門脇の丹沢の工房を知ってますか？」

　丹治は問いかけた。

「一度だけ行ったことがあります。お連れします。門脇に会って言いたいこともありますし」

「あなたが行くのは危険だな。奴は手負《てお》いの獅子《しし》と同じです。何をされるかわからない」

「わたし、怖くありません。場合によっては、あの男と刺し違えてもいいとさえ思ってます」

「何を言ってるんだ。あなたに何かあったら、沙霧さんはたったひとりになってしまうじゃないか」

「そうですね」

弥生が力なく呟き、門脇の丹沢の工房の所在地を詳しく説明しはじめた。

神奈川県足柄上《あしがらかみ》郡山北町《やまきたまち》の外れだった。窯《かま》は、東名高速道路の都夫良野《つぶらの》トンネルの北東に位置する大野《おおの》山の西斜面にあるらしい。

ほどなく丹治は三村邸を出た。

午後三時十五分過ぎだった。ジャガーXJエグゼクティブを用賀《ようが》ランプに走らせた。

東名高速道路の追い越しレーンを突っ走る。百三十キロを幾度もオーバーした。大井松田《おおいまつだ》ICで降り、国道二四六を進む。御殿場《ごてんば》線の谷峨《やが》駅の五、六百メートル先で、右に折れた。

丹沢湖に通じる県道だった。

右手に、標高七百二十三メートルの大野山の山裾《やますそ》が迫っている。奥に進むにつれ、次第に民家が疎《まば》らになった。

やがて、山腹のループ状の道に入った。

もう陽《ひ》は落ちていた。対向車は少なかった。登山客の姿も見当たらない。

中腹まで登ると、目標の欅《けやき》の大木が見えた。

その脇に、林道があった。道幅は四メートル弱だ。砂利《じゃり》道だった。

切り通しが多く、あまり見通しが利かない。

低速で走りつづけた。五分ほど進むと、平坦な場所が見えてきた。ログハウスが建っていた。その陰から、半円形の窯《かま》が覗《のぞ》いている。

門脇の工房にちがいない。

丹治は車を停めた。ログハウスの三、四十メートル手前だった。

静かに車を降りる。

丹治は歩きながら、あたりをうかがった。見張りの影はなかった。

キャメルのレザーブルゾンの襟で顔を隠しながら、ログハウスに急ぐ。塀も柵《さく》もなかった。表札も出ていない。

ログハウスの横には、四輪駆動車が駐《と》めてあった。くすんだ緑色のレンジローバーだった。

丹治は中腰で、レンジローバーに近づいた。

手早くタイヤのエアを抜く。門脇の足を奪ったのだ。丹治は急いで風下《かざしも》に回った。

ログハウスの窓に近づいたとたん、犬が吼《ほ》えた。犬の鳴き声が熄《や》んだ。少し間《ま》を取ってから、わずかな隙間があった。ふたたびログハウスに接近する。

窓のカーテンは閉《し》まっていた。だが、わずかな隙間があった。

そこから、電灯の点《とも》った室内を覗く。

ソファベッドの上で、裸の男女が交わっていた。

仰向けになっているのは門脇だった。その上に跨《また》がっているのは、溝口敦子だ。

——女空手使いは、雇い主とデキちまったのか。あの世で、鬼頭が泣いてそうだな。

丹治は玄関に回った。

ドア・ノブを回してみる。ロックされていた。

建物の裏に回った。小さな庭園灯が瞬《またた》いていた。堆《うずたか》く積み上げられた薪《まき》の陰に、ボクサーがうずくまっていた。

門脇の飼い犬が丹治に気づき、すぐに身を起こした。

唸《うな》られ、派手に吼えたてられた。丹治はボクサーを始末することにした。周《まわ》りを見る。

すぐ近くの切り株の上に、鉈《なた》が載《の》っていた。

丹治は鉈を摑み上げた。ボクサーが身構えながら、野太く唸《うな》りはじめた。丹治は半歩踏み出す真似《まね》をした。

誘いだった。ボクサーが高く跳《と》んだ。

丹治は、ボクサーの眉間《みけん》に鉈を叩っ込んだ。分厚い刃が沈んだ。確かな手応えだった。

鮮血が飛散した。ボクサーは短い悲鳴をあげ、どさりと地べたに落ちた。

傷口から脳漿《のうしょう》が食《は》み出している。どろりとした塊《かたまり》だった。ボクサーは、もう息絶えていた。

丹治は裏のドアに走った。

ドア・ノブを鉈でぶち壊し、ログハウスに躍《おど》り込む。室内は石油ストーブで暖められ、蒸し暑いほどだった。

「おまえら、いい気なもんだな」

丹治はソファベッドの上の男女を罵《ののし》った。

敦子が腰を浮かせた。

その瞬間、門脇のペニスから精液が迸《ほとばし》った。

敦子がダンガリーのシャツを羽織《はお》った。門脇が跳《は》ね起きる。

「門脇、三億円はどこに隠してある？」

「なんの話だ？」

「あんたが三村からせしめた身代金だよ。そっちは唐木をマー坊と敦子に始末させ、沙霧と浦上かすみも誘拐させた。三村を焼き殺し、鬼頭の口を洋弓銃《ボウガン》で封じたのはあんた自身だ！　このおれも殺そうとしたよなっ」

「わたしが三村さんを殺したって⁉　三村さんが焼身自殺した晩、わたしは銀座の日進画廊で知人の洋画家の……」

「あんたのアリバイトリックは崩れたんだよ。焼け跡に、燭台《しょくだい》に使った鉄の塊があった。それだけ言えば、もう説明はいらねえだろうが！」

丹治は怒声を浴びせた。

門脇は、なおもシラを切った。丹治は、長々と謎解きをさせられた。門脇はようやく観念した。

ほぼ推測通りだった。

門脇は犯行前日にゴム粘土で別荘の玄関の鍵《かぎ》の型を取り、合鍵をこしらえた。それで別荘に押し入り、三村の腹に岩塩の弾丸を撃ち込み、麻縄で手足を縛り上げたらしい。考えてみれば、あまりにも古典的なトリックだった。それが盲点だったのだろう。

丹治は前に進み出た。

門脇が歪《ゆが》んだ笑みを浮かべた。その右手には自動拳銃が握られていた。マカロフだ。

次の瞬間、なぜか敦子がＰＭを叩き落とした。

旧ソ連製の拳銃は木の床で跳《は》ね、乾いた銃声を轟《とどろ》かせた。

暴発だった。放たれた銃弾は、ソファベッドの脚《あし》にめり込んだ。着弾音は鈍《にぶ》かった。

「頭がおかしくなったのかっ」

門脇が敦子を詰《なじ》った。

「丹治は、わたしが殺《や》るわ。あんたに手出しはさせないわよ」

「ほう、面白い。わたしの目の前で、始末してもらおうじゃないか」

「お黙り！」

敦子が門脇の両眼を二本の指で突いた。みごとな二本貫手《ぬきて》だった。

門脇が凄《すさ》まじい声を放ち、両手で目を覆った。そのまま屈み込む。

敦子がベッドを降り、ＰＭを拾い上げた。弾倉止《マガジン・キャッチ》めのラッチを押し、弾倉クリップを引き抜いた。それをシャツの胸ポケットに突っ込んだ。

「パンティーを穿《は》け。ノーパンで救急車に担《かつ》ぎ込まれてもいいのかっ」

丹治は言った。敦子はダンガリーシャツの第二と第三ボタンだけを掛けた。シャツの裾で性器は隠れた。

「このままでいいのよ。どうせ後《あと》で、ぶっ倒れたあんたを犯すことになるんだから」

「言うじゃないか」

丹治は、血糊《ちのり》でぬめった鉈を部屋の隅に投げ放った。

「元格闘家のお手並を見せてもらうわ」

「別れた亭主を殺した野郎とセックスするなんて、まともな神経じゃないな」

「弱い男は死ねばいいのよ」

敦子が言うなり、床を蹴った。助走をつけて、高く跳《と》んだ。羚羊《かもしか》を想《おも》わせる動きだった。

右の袈裟《けさげ》蹴りが迫ってきた。

丹治は横に動いた。蹴りは躱《かわ》せた。だが、掌底《しょうてい》で顎《あご》を狙われた。のけ反ってしまった。間髪《かんはつ》を容《い》れず、背刀《はいとう》で頸部《けいぶ》を強打された。

一瞬、丹治は息ができなかった。目玉が引っくり返った。前屈《まえかが》みになる。

敦子が着地した。

すぐ後ろだった。丹治は、後ろ蹴りを放った。

だが、ブロックされてしまった。背に肘《ひじ》打ちが落とされた。首には手刀《しゅとう》打ちを見舞われた。頭の芯《しん》が霞んだ。

丹治は屈み込みながら、体を反転させた。

足を飛ばす。前蹴りと前蹴りが交錯した。

縺《もつ》れ合った脚《あし》を払い合う。力較《ちからくら》べだ。敦子の体が傾きはじめた。

丹治はフックを繰《く》り出した。

頬に当たった。敦子の体が大きく泳いだ。

丹治は前に出た。敦子の首を両腕で固くホールドする。

膝頭で、相手の下腹を四、五回蹴った。加減はしなかった。

敦子は三日月《みかづき》蹴りで応戦してきた。回し蹴りに似た技《わざ》だが、立位から半円《はんえん》だけ脚全体を振り上げる。

丹治は太腿《ふともも》の外側を蹴られた。ダメージは小さかった。

敦子の逆拳《ぎゃくけん》突《づ》きが水月《すいげつ》に埋まった。鳩尾《みぞおち》だ。腕が緩《ゆる》んだ。

その瞬間、右の振《ふ》り拳《けん》で胸を打たれた。肋骨《ろっこつ》が軋《きし》んだ。肺が圧迫された。

体と体に一メートルほどの隙間が生まれた。

丹治は右のストレートと左のフックを出した。二つのパンチは払われてしまった。

敦子の前蹴りが、丹治の腿の内側に決まった。膝が崩れた。顔面に正拳《せいけん》突きが入った。もろだった。

目から火花が散った。体が前後に揺れる。

ついに丹治は両膝を落としてしまった。脳天に、落とし遠臂《えんぴ》打ちを浴びせられた。強烈だった。

敦子が冷笑した。

丹治は頭を振って、立ち上がった。次の瞬間、鉤《かぎ》突《づ》きと揚《あ》げ突きが放たれた。

どちらもウェイビングで躱《かわ》した。突きは唸りを伴っていた。

丹治はローキックを返した。

敦子の膝が鈍く鳴った。彼女は大きくよろけた。

丹治はミドルキックを浴びせた。敦子が吹っ飛んだ。丹治は踏み込んだ。立ち上がった敦子に、〝稲妻ハイキック〟を喰《く》らわせる。

敦子が呻いた。

呻きながら、床に倒れた。丹治は前蹴りで、起き上がりかけた敦子を倒した。と、敦子が大声で叫んだ。

「やめなっ」

「もう降参か。フルコンタクトの空手使いも、たいしたことねえな」

「違う。後ろよ」

「えっ」

丹治は振り向いた。

ソファベッドの横で、門脇がアーチェリーを構えていた。作務衣《さむえ》姿だった。腰には、矢筒《やづつ》を提《さ》げている。四、五本の矢が入っていた。すでに矢は番《つが》えられている。

二十八インチの矢だった。弓弦《ゆみづる》も太かった。

弓には、照準《サイト》が付いていた。

　命中率は高いはずだ。しかも、五、六メートルの至近距離である。矢で射抜《いぬ》かれたら、大怪我をするだろう。侮《あなど》れない。丹治は気を引き締めた。

「丹治、死ね！」

　門脇が一《いち》の矢を放った。

　空気が裂け、鋭い音が尾を曳《ひ》いた。丹治は身を屈《かが》めた。一の矢は外れた。

　門脇が二《に》の矢を番《つが》え、弦《つる》を引き絞った。

「この野郎！」

　丹治は勢いよく床を蹴った。その脚《あし》を敦子がタックルした。

　二人は揉み合ったまま、床に倒れた。

　矢の音がした。

　そのすぐ後、敦子の悲鳴があがった。二の矢は敦子の左目を貫《つらぬ》いていた。鏃《やじり》が後頭部から、十センチ以上も突き出ていた。

　敦子は即死だった。

　丹治は起き上がり、門脇に駆け寄った。まだ三《さん》の矢はセットされていなかった。

　回し蹴りを放つ。ミドルキックだった。

　門脇が斜めに吹っ飛んだ。アーチェリーも舞った。矢筒が床に落ちる。

　丹治は蹴りまくった。

十回ほど蹴りつけると、門脇はぐったりとなった。俯《うつぶ》せだった。

丹治は部屋の隅まで歩き、鉈《なた》を拾い上げた。

急いで門脇のいる場所に戻る。門脇は両腕を床に投げ出していた。

「身代金はどこにある？」

「金、半分やってもいいよ」

「てめえの金じゃねえだろうが！」

丹治は鉈を振り被《かぶ》った。力まかせに振り下ろす。空気が裂けた。

肉と骨を断《た》つ音が響いた。門脇が絶叫した。

右腕が跳《は》ねた。肩の付け根から、血がしぶいた。もう一度、鉈を振る。今度は、左腕が宙を飛んだ。

「か、窯《かま》の中にある。ゆ、ゆ、赦《ゆる》してくれーっ」

門脇が命乞《いのちご》いをした。言い終わると、そのまま悶絶《もんぜつ》してしまった。

「異種格闘技の邪魔をしやがって」

丹治は低く呟き、またもや鉈を振り下ろした。ほぼ垂直だった。

鉈は門脇の頭に深々と埋まった。頭蓋骨《ずがいこつ》が砕け、脳漿《のうしょう》が飛び散った。

返り血が丹治の顔面を濡らした。

丹治はソファベッドのシーツを剝《は》ぎ、顔とブルゾンの血を丹念に拭《ぬぐ》った。それから、敦子の体にすっぽりと毛布を掛けてやった。短く合掌して、ログハウスを出る。

夕闇が濃かった。

身代金は、そっくり窯の奥に隠されていた。三つのジュラルミンケースをジャガーに積み込み、エンジンを始動させた。

県道に出ると、携帯電話が鳴った。丹治は携帯電話を耳に当てた。

「沙霧です」

三村の娘だった。

「いつから喋れるようになったんだい？」

「少し前です。丹治さん、継母《はは》がいなくなってしまったんです」

「いなくなった⁉」

「はい。わたしが病院から戻ったら、継母の置き手紙があったの。丹治さん、継母を捜していただけませんか？」

「ああ、引き受けよう。これから、親父さんの三億円を届けるよ」

「身代金を取り戻してくれたんですか？」

「そう。〝荒鷲〟は門脇恭一だったんだ。おれが丹沢の工房に行ったら、奴は強盗か誰かに鉈でぶっ殺されてた」

「門脇先生が、どうして犯行を重ねたんですか？」

「会ったときに詳しい話をしてやろう」

丹治は通話を切り上げ、一気に加速した。

県道は空いていた。国道二四六号までノンストップで走れそうだった。

本書は二〇〇三年二月に角川春樹事務所より刊行された『無法（アウトロー）　裏調査員シリーズ』を改題し、大幅に加筆・修正しました。

なお本作品はフィクションであり、実在の個人・団体などとは一切関係がありません。

文芸社文庫

身代金　闇刑事《デカ》

二〇一六年八月十五日　初版第一刷発行

著　者　南英男
発行者　瓜谷綱延
発行所　株式会社　文芸社
〒一六〇－〇〇二二
東京都新宿区新宿一－一〇－一
電話　〇三－五三六九－三〇六〇（代表）
〇三－五三六九－二二九九（販売）

印刷所　図書印刷株式会社
装幀者　三村淳

ISBN978-4-286-17848-6

［文芸社文庫　既刊本］

トンデモ日本史の真相　史跡お宝編
原田　実
日本史上の奇説・珍説・異端とされる説を徹底検証！　文庫化にあたり、お江をめぐる奇説を含む2項目を追加。墨俣一夜城／ペトログラフ、他

トンデモ日本史の真相　人物伝承編
原田　実
日本史上でまことしやかに語られてきた奇説・珍説・伝承等を徹底検証！　文庫化にあたり、「福澤諭吉は侵略主義者だった？」を追加（解説・芦辺拓）。

戦国の世を生きた七人の女
由良弥生
「お家」のために犠牲となり、人質や政治上の駆け引きの道具にされた乱世の妻妾。悲しみに耐え、懸命に生き抜いた「江姫」らの姿を描く。

江戸暗殺史
森川哲郎
徳川家康の毒殺多用説から、坂本竜馬暗殺事件の謎まで、権力争いによる謀略、暗殺事件の数々。闇へと葬り去られた歴史の真相に迫る。

幕府検死官　玄庵　血闘
加野厚志
慈姑頭に仕込杖、無外流抜刀術の遣い手は、人を救う蘭医にして人斬り。南町奉行所付の「検死官」が、連続女殺しの下手人を追い、お江戸を走る！